EVAN: LIEBESCHAOS AUF HAWAII

ZOEY WEST

KOSTENLOSER LIEBESROMAN

Melde dich unter https://zoeywest.com/start für meinen Newsletter an und du wirst nicht nur über Neuigkeiten informiert, sondern bekommst auch meinen kostenlosen Liebesroman *Aaron: Hochzeit in New Orleans*.

Was machst du, wenn der Mann, den du damals nicht haben konntest, eine Hochzeit mit dir planen muss?

Jules kann nicht fassen, was ihre beste Freundin von ihr verlangt. Als Brautjungfer soll sie sich wenige Tage vor der Hochzeit um die Vorbereitungen kümmern. Noch nichts ist geplant, dabei werden mehrere hundert Gäste erwartet. Damit aber nicht genug. Als Unterstützung wird ihr ausgerechnet Aaron MacLay zur Seite gestellt. Der Mann, mit dem sie eine gemeinsame Vergangenheit verbindet und den sie eigentlich nie wieder sehen wollte. Kein Wunder also, dass sie absolut genervt ist, sich ausgerechnet als seine Verlobte ausgeben zu müssen.

Aaron hält nicht viel von Hochzeiten. Dass ausgerechnet sein bester Freund nun den Bund fürs Leben eingehen will, geht ihm so richtig gegen den Strich. Aber als er dazu aufgefordert wird, mit der süßen Jules die Hochzeitsvorbereitungen zu übernehmen, nimmt er die Herausforderung gerne an. Er macht sich zwar nichts aus Blumen und Torten, aber gegen ein heißes Stelldichein mit der ersten Brautjungfer hat er nichts einzuwenden. Er kann schließlich nicht ahnen, dass diese paar Tage seine Welt auf den Kopf stellen werden.

Als sie so tun müssen, als wären sie selbst ein Paar, knistert es zwischen Jules und Aaron gewaltig.

Können sie ihre Differenzen hinter sich lassen und selbst glücklich werden?

Unter diesem Link kannst du dir dein kostenloses eBook holen: https://zoeywest.com/start

1

SERAPHINA

»Und du denkst wirklich, das klappt? Wenn er mich entdeckt, bin ich geliefert.«

Carlos, ein Bekannter meiner besten Freundin Paula und seines Zeichens Sicherheitsmitarbeiter von Evan Chambers, kann mir Zutritt zu der angesagtesten Party des Jahres verschaffen. Auf der ich zu meinem Bedauern allerdings unerwünscht bin.

Wie es dazu kam, ist eine Geschichte, die ich nicht sehr gerne erzähle. Ich bin nämlich ganz und gar nicht stolz darauf, was ich kurz nach meinem Abschluss getan habe, um die Karriereleiter rasch nach oben zu klettern.

Ich bin Künstlerin. Genauer gesagt Fotografin. Meine Leidenschaft ist es, Menschen zu porträtieren und damit ihr Wesen einzufangen. Das, was sie eben ausmacht. Ohne angeben zu wollen, bin ich darin auch wirklich gut. Aber leider ist es nicht sonderlich einfach, in dieser Branche Fuß zu fassen. Man muss entdeckt werden.

Deshalb dachte ich vor ungefähr einem Jahr, es wäre eine unglaublich gute Idee, mich unter die Paparazzi zu mischen und meine so entstandenen Fotos zu verkaufen. Ich bin allen Ernstes davon ausgegangen, irgendjemand würde meine Kunst zu schätzen wissen, wenn ich erst in den Medien bekannt bin. Nun, dem war nicht so. Nicht nur habe ich für meine Fotos kaum Geld gesehen. Es reichte vielleicht für ein, zwei schlechte Mahlzeiten. Sondern ich habe mich auch noch unbeliebt gemacht. Und zwar genau bei den Menschen, die ich zu meinen Kunden machen wollte. Ein blöder Fehler, ich weiß.

Vor allem, da unter anderem auch Evan Chambers zu eben jenen Menschen gehört, die ich damals in einer eher prekären Situation abgelichtet habe. Ich hätte mir denken können, dass er nicht sonderlich erfreut darüber sein wird, ein Foto von sich mit zwei Frauen des horizontalen Gewerbes auf seinem Schoß in den Medien zu sehen. Aber damals hielt ich es für die perfekte Möglichkeit, mein Können zu beweisen. Immerhin gilt Evan Chambers als Draufgänger und Weiberheld. Wie hätte ich seinen Charakter also besser einfangen können als durch ein solches Bild? Aber statt Lorbeeren hat es Kritik gehagelt. Nicht von den

Medien. Die waren sehr froh darüber, ein solch rares Bild in die Finger zu bekommen. Immerhin hält sich der Schürzenjäger ansonsten eher bedeckt. Auch wenn ihm sein Ruf vorauseilt, achtet er penibel darauf, nicht mit einer seiner Eroberungen abgelichtet zu werden. Noch mehr seit mein Foto veröffentlicht wurde. Jedenfalls ist er seitdem nicht mehr sonderlich gut auf mich zu sprechen und geht mir, so gut es eben möglich ist, aus dem Weg. Schafft er das nicht, lässt er mal eben seine Kontakte spielen und mich beispielsweise aus meinem Lieblingscafé verbannen.

Mittlerweile bin ich klüger, und weiß, dass Paparazzifotos nicht dazu beitragen, meine Karriere anzuschieben. Stattdessen möchte ich tun, was mir so viel Spaß macht und worin ich außerordentlich begabt bin.

Die Party, auf die Carlos mich schmuggeln soll, wäre die Gelegenheit, um all die wichtigen und einflussreichen Menschen, die Schönen und Berühmten, auf mich aufmerksam zu machen. Ich habe mir nämlich Folgendes überlegt: Wenn ich die einflussreichen Personen, die zu diesem Event geladen sind, im richtigen Licht fotografiere und ihnen anschließend die Bilder zukommen lasse, kennen sie nicht nur meinen Namen, sondern können mir auch dabei helfen, endlich bekannt zu werden. Vorausgesetzt meine Fotos gefallen ihnen, wovon ich ausgehe. Viel schwieriger wird es da schon, mich länger als fünf Minuten auf der Party aufzuhalten, ohne von Evan Chambers entdeckt und rausgeschmissen zu werden.

»Wenn es nicht klappt, bin ich meinen Job los. Ich wäre dir also sehr dankbar, wenn du dich unauffällig verhältst und Mister Chambers aus dem Weg gehst«, unterbricht Carlos meinen Gedankengang mit einem mahnenden Gesichtsausdruck.

»Das wird sie schon schaffen. Sie hat schließlich mich«, zwinkert Paula ihm flirtend zu.

Ich ziehe eine Augenbraue hoch und beobachte seine Reaktion. Läuft da zwischen den beiden etwas? Ich habe längst den Überblick über die Verehrer meiner besten Freundin verloren. Aber ich kann mich nicht erinnern, jemals etwas von einem Carlos gehört zu haben, der sie im Bett verwöhnt hat. Und Paula ist nicht gerade zimperlich mit solchen Informationen.

Carlos scheint nicht sonderlich beeindruckt von Paulas Versprechen zu sein. Während er sie misstrauisch ansieht, atmet sie einmal tief durch, bevor sie ihm von ihrem Plan erzählt.

»Ich werde Seraphina stylen. Wozu bin ich schließlich Visagistin? Evan Chambers hat sie nur ein paar Mal gesehen. Wenn ich mit ihr fertig bin, wird er sie bestimmt nicht wieder erkennen«, erklärt sie mit vor Stolz geschwellter Brust.

Carlos sieht zwischen ihr und mir hin und her und ich schenke ihm ein entschuldigendes Lächeln.

Um ehrlich zu sein, kann ich mir selbst nicht vorstellen, wie sie das schaffen will. Ihr Talent in allen Ehren, aber sie kann mich wohl kaum in nur einer Stunde in einen komplett anderen Menschen verwandeln.

Ungläubig schaue ich in den Spiegel, der an der Wand neben mir hängt. Ich habe dunkelbraune, glatte Haare, die mir motivationslos über die Schultern hängen. Mein Gesicht schminke ich so gut wie nie, aber meine grünen Augen kommen schon alleine wegen meiner dunklen Haarfarbe gut zur Geltung. Mein Mund ist für meinen Geschmack zu üppig, deshalb betone ich ihn auch nicht gerne mit Lippenstift. Mit meiner Figur bin ich ganz zufrieden. Um einen Ausgleich von meinem Job zu haben, mache ich gerne Sport. Viel Sport. Ich gehe wandern, besuche regelmäßig einen Kurs einer eher unbekannten Kampfsportart und bin Mitglied in einem Fitnessstudio, was ich auch ausnutze.

Trotzdem sehe ich schon alleine aufgrund meiner Größe nicht aus wie ein Model. Um als Schauspielerin durchgehen zu können, sollte mich außerdem irgendjemand kennen. Schließlich würde Evan Chambers bestimmt nicht irgendein unbekanntes Gesicht zu seiner exklusiven Party einladen. Ich kann also höchstens als Begleitperson durchgehen, wie ich finde.

»Was schaut ihr denn so? Ihr werdet schon sehen, was ich mit ein paar Hilfsmitteln alles hinbekomme«, sagt Paula beleidigt und holt schon mal ihre Schminkutensilien hervor.

»Na gut. Aber beeil dich. Du hast eine halbe Stunde Zeit, dann müssen wir los«, schnauft Carlos und bereut es sicher schon, sich von meiner besten Freundin zu dieser Aktion überredet haben zu lassen.

2

EVAN

Events, wie die heutige Party in meinem Haus, sind keine Seltenheit für mich. Deshalb bin ich auch geübt darin, meine Mitarbeiter entsprechend einzuweisen und dem zusätzlich beauftragten Personal Druck zu machen, damit alles wie am Schnürchen läuft. Dabei ist die größte Herausforderung die Sicherheit. Heute Abend kommen viele bekannte Persönlichkeiten. Nicht auszudenken, was es für Folgen hätte, wenn sich ein fanatischer Fan Zutritt zu meinem Haus verschaffen würde.

Das ist nun mal der Nachteil, auf seinem eigenen Anwesen zu feiern, anstatt eine Location zu buchen, die auf derlei Veranstaltungen ausgerichtet ist. Ein Glück, dass ich nicht nur Ahnung vom Sicherheitswesen habe, sondern auch extrem organisiert bin.

»Jede Eintrittskarte wird von zwei Türstehern überprüft. Genauso das externe Personal, sofern es nicht bereits hier ist. Ich möchte nicht, dass irgendjemand auf die Idee kommt, einem Freund einen Gefallen zu tun«, weise ich den Chef meiner Sicherheitsagentur ein, als ich ihn in der Eingangshalle treffe. Er ist ein guter Mann und arbeitet schon seit Jahren für mich. Mein Befehl ist reine Formsache, denn John weiß selbst gut genug, auf was er zu achten hat. Als ziemlicher Kontrollfreak ziehe ich es trotzdem vor, nichts dem Zufall zu überlassen.

Ich habe John engagiert, nachdem ein ehemaliger Angestellter versuchte, bei mir einzubrechen, um wichtige Informationen zu einem Deal zu stehlen. Zwar hatte ich damals schon eine Alarmanlage installiert, die sofort reagierte, aber ich wollte kein Risiko mehr eingehen. Für meinen ehemaligen Mitarbeiter sprach weder der versuchte Diebstahl noch die Tatsache, dass er den Alarm bei seinen Überlegungen übersehen hat. Er wurde selbstredend noch am gleichen Tag gefeuert. Am nächsten Morgen war ich bei John, der damals noch ein kleines Büro in der Stadt hatte. Jetzt arbeitet er exklusiv für mich. Seine erste Amtshandlung war es, mein Haus mit dem ausgeklügeltsten Sicherheitssystem auszustatten, das es am Markt zu haben gibt.

Trotzdem hier überall Kameras aufgestellt sind, die Ankommenden teilweise verborgen bleiben, sind Events noch einmal ein anderes Kaliber. Immerhin wollen unerwünschte Vorfälle von vornherein unterbunden werden. Was bedeutet, dass eben auch das Personal und die Gäste durchleuchtet werden müssen. Nicht einmal jeder Mitarbeiter in Johns Mannschaft weiß über alle Sicherheitsvorkehrungen Bescheid, sodass auch ein Leck im System kein Problem darstellen kann.

»Natürlich Chef«, erwidert John mit einem kurzen Nicken, bevor er sich wieder seiner Arbeit zuwendet.

Es herrscht jetzt schon reges Treiben in meinen vier Wänden. Die Caterer bauen ihr Lager in meiner Küche auf, von wo aus sie mit ihren gefüllten Tabletts durch die Räume ausschwärmen werden, um meine Gäste zu bedienen. Natürlich ist auch für reichlich Alkohol gesorgt. Vom Champagner über Cocktails bis hin zu fünfzig Jahre altem Whiskey ist für jeden Geschmack etwas dabei. Ein Innenausstatter hat sich darum gekümmert, die Möbel so anzuordnen, dass es einer Party gerecht wird und jeder auch ein Plätzchen findet, um sich zu einem netten Gespräch zurückzuziehen. Es werden auch die wichtigsten Medienvertreter anwesend sein. Zwar gehe ich nicht davon aus, dass die sich unbedingt für Interviews in einer Ecke verkriechen wollen, sie warten bestimmt eher auf einen Skandal, der dank John nicht eintreten wird. Aber sollte ein Promi darauf bestehen, muss ich immerhin keines der oberen Zimmer dafür anbieten.

Auch wenn es vielleicht nicht den Anschein hat, ist mir meine Privatsphäre heilig. Was sich hinter verschlossenen Türen abspielt, geht niemanden etwas an. Ebenso wie die Einrichtung meines Schlafzimmers.

Auch hier bin ich nach einem Vorfall mit einer Fotografin vorsichtiger geworden. Zugegeben, es war dumm von mir, mich auf offener Straße mit zwei Prostituierten zu zeigen. Aber der Tag war anstrengend und der Abend flüssig, weshalb ich nicht weiter darüber nachgedacht habe. Als am nächsten Morgen das Bild von mir und diesen Damen in allen Zeitungen zu sehen war, konnte ich meinen ersten Reflex, der Fotografin meine Anwälte auf den Hals zu hetzen, gerade noch unterdrücken. Es hätte vermutlich ohnehin nicht viel gebracht, außer ein Statement zu setzen. Aber die meisten Paparazzi wissen, wie einflussreich ich bin, und lassen mich alleine schon deshalb weitgehend in Ruhe. Die Fotografin muss neu gewesen sein. Also habe ich meinen Groll heruntergeschluckt und auch diesbezüglich Vorkehrungen getroffen.

Habe ich Lust auf eine Frau, die ich für ihre Dienste bezahle, engagiere ich ein professionelles Callgirl, dem Diskretion ebenso wichtig ist wie mir. Aber auch mit anderen Damen tausche ich keinerlei Zärtlichkeiten aus, bevor wir uns nicht in meinem Schlafzimmer befinden. Zwar eilt mir mein Ruf trotzdem noch voraus, aber dagegen habe ich nichts einzuwenden, solange ich nicht dabei abgelichtet werde.

Man könnte zwar meinen, es wäre meine Sache, mit wem ich das Bett teile, aber leider ist dem nicht ganz so. Auch in meiner Firma gibt es einen Vorstand, der es nicht allzu gerne sieht, wenn ich in den Medien verrissen werde. Außerdem tut es dem Geschäft nicht gut, jeden Abend mit einer anderen Frau an der Hand gesehen zu werden. Nach außen hin bin ich also sehr darum bemüht, den vertrauensvollen Geschäftsmann zu geben. Und wie gesagt, was hinter verschlossenen Türen geschieht, hat niemanden zu interessieren.

Da ich mich mit keiner Frau derart in der Öffentlichkeit zeige, sodass anzunehmen wäre, wir hätten etwas miteinander, ist mir auch nichts nachzuweisen, sollte eine von ihnen auf die Idee kommen, zur Presse zu gehen. Außerdem lasse ich diejenigen, mit denen ich in meinem Schlafzimmer zugange bin, eine Verschwiegenheitserklärung unterschreiben. Selbstredend bevor sie wissen, was sie genau erwartet. John hat die Aufgabe, den Damen ihr Handy und eventuelle Kameras abzunehmen, bevor sie mein Haus betreten. Natürlich bekommen sie es beim Verlassen sofort wieder ausgehändigt. So bin ich jedenfalls doppelt abgesichert und im Prinzip fein raus, würde irgendjemand auf die Idee kommen, mich austricksen zu wollen.

»In fünf Minuten beginnen wir mit dem Einlass«, reißt John mich aus meinen Gedanken. Ich schaue mich um und stelle fest, dass sich das Gewusel bereits gelegt hat. Die Caterer sind an ihrem Posten und auch der Innenausstatter hat die letzten Arrangements beendet. Das Haus ist also fertig für die Party des Jahres. Ich nicke meinem Sicherheitschef als Zeichen, dass auch ich bereit bin, zu und gehe in Richtung Eingang. Die ersten Gäste werde ich noch persönlich empfangen, bevor es hier so voll sein wird, dass ich meine Rolle als Gastgeber im Inneren des Hauses einnehmen muss.

Tatsächlich fahren bereits die ersten Limousinen vor. Für all jene, die selbst nicht über einen Chauffeur verfügen, haben wir extra Fahrzeuge und Fahrer zur Verfügung gestellt. Mein Anwesen ist zwar groß, aber für Hunderte Limousinen bietet meine Auffahrt dann doch nicht ausreichend Platz.

Ich postiere mich an der Eingangstür und setze mein charmantestes Lächeln auf. Die Show kann beginnen.

3

SERAPHINA

Bei Evan Chambers Haus angekommen, wird mir noch mulmiger als ohnehin schon. Ich hätte mir denken können, dass die Gäste allesamt mit Limousinen eintreffen. Das Anwesen befindet sich in der feinsten Villengegend der Hamptons. Hier sind die Straßen zwar sehr ruhig und gepflegt, aber es gibt eben nicht genügend Platz, um allen Gästen einen eigenen Parkplatz bieten zu können. Auch wenn die Größe der Häuser diesen Anschein machen könnte. Fragend sehe ich Carlos an, der neben mir in einem alten SUV der Sicherheitsfirma, für die er arbeitet, sitzt.

»Wie komm ich da jetzt rein?«

Seinem Gesichtsausdruck nach zu urteilen, hat auch er nicht mit einer derart hohen Sicherheitskontrolle gerechnet. Jede Limousine, die durch das Tor des Anwesens fährt, wird bereits dort aufgehalten und überprüft. Anschließend erfolgt eine zweite Kontrolle an der Eingangstür. Von unserem derzeitigen Standort aus kann ich keine zweite Möglichkeit entdecken, durch die das Haus zu betreten wäre.

Carlos mustert mich nachdenklich von oben bis unten. Obwohl ich eigentlich der Meinung war, Paula hätte ganze Arbeit geleistet und mich tatsächlich in eine Frau verwandelt, die sich gut und gerne auf einer derartigen Veranstaltung sehen lassen kann, fühle ich mich jetzt unwohl. War das schwarze Kleid, das sanft meine Knie umschmeichelt und einen sensationellen Ausschnitt hat, der meine Brüste zur Geltung bringt, doch keine gute Wahl? Oder hätten meine Haare in einer Hochsteckfrisur besser ausgesehen, anstatt sie in großen Locken über meine Schultern fließen zu lassen? Mit jeder Sekunde, die er mich so ansieht, ohne etwas zu sagen, werde ich unsicherer.

»Vielleicht kann ich dich als Personal einschleusen. Daran hätten wir von Anfang an denken sollen«, unterbricht er das unangenehme Schweigen endlich. Doch als seine Worte in meinem Bewusstsein ankommen, bin ich mir nicht mehr so sicher, ob mir die Stille nicht lieber war.

»Du meinst, ich sehe nicht angemessen aus?«, frage ich etwas zu scharf. Er kann schließlich nichts dafür, dass ich weder ein Supermodel noch eine berühmte Schauspielerin bin, die von einer ganzen Gruppe an Visagisten zurechtgemacht wird.

Mit eiserner Miene, wie es für einen Sicherheitsmitarbeiter üblich ist, sieht er mich an, und ich bereue sogleich, meinen Mund aufgemacht zu haben.

»Ob du angemessen aussiehst oder nicht, tut gerade nichts zur Sache. Ohne Einladung bekomme ich dich da nicht rein. Es sei denn, ich stelle dich als verloren gegangene Mitarbeiterin des Caterings vor«, erklärt er mir ruhig.

»Und das werden sie dir glauben? Wird das Personal nicht ebenfalls kontrolliert?«

»Schon«, gibt er nachdenklich zu. »Aber immerhin bin ich ein Teil des Teams und im Moment liegt die Aufmerksamkeit bei den Gästen. Einen Versuch ist es wert.«

Ich denke über seinen Vorschlag nach, habe da aber doch einige Bedenken. Ich sehe nicht gerade wie jemand aus, der hierhergekommen ist, um kleine Happen zu verteilen.

»Was, wenn wir erwischt werden?«

»Lass das mal meine Sorge sein«, antwortet Carlos und öffnet im nächsten Moment schon die Tür des SUVs, um auszusteigen. Ich folge ihm zögerlich. Immerhin bleibt mir nichts anderes übrig, als ihm zu vertrauen. Jetzt einen Rückzieher zu machen, kommt nicht infrage.

»Spiel einfach mit«, raunt er mir zu, als er mich

hart am Arm packt und zum Tor führt, wo zwei seiner Kollegen postiert sind, um die Einladungen zu überprüfen.

»Hi Carlos. Du bist spät dran. Wen hast du denn da dabei? Du weißt, dass wir niemand durchlassen dürfen, der keine Einladung hat?«, begrüßt ihn einer der beiden. Der andere ist gerade damit beschäftigt, eine Limousine anzuhalten.

»Ich hatte Probleme mit dem Wagen«, antwortet er, ohne eine weitere Erklärung bezüglich seines Zuspätkommens abzugeben. »Die Kleine hier war anscheinend eingeschüchtert von euch. Sie gehört zum Catering. Ich bringe sie gleich in die Küche«, sagt Paulas Bekannter und sein Kollege mustert mich jetzt genauso, wie Carlos es vorher im Auto getan hat.

»Ganz schön aufgemotzt für eine Kellnerin.«

Ich wusste es. Wer würde auch so zu einem Job gehen? Mir bleibt nur zu hoffen, dass dieses Schauspiel keine Konsequenzen hat und sie mich einfach gehen lassen.

»Dafür ist ihr Chef verantwortlich. Wahrscheinlich muss sie sich das Make-up aus dem Gesicht wischen, bevor sie aus der Küche raus darf«, macht sich Carlos über mich lustig, woraufhin ich ihm einen bösen Blick schenke.

»Na gut, geht durch. Ich sage Peter Bescheid, dass ihr kommt«, erwidert der Typ zu meiner Erleichterung und greift zu seinem Funkgerät.

Während Carlos mich mit sich zieht, höre ich noch, wie er diesem Peter erzählt, sein Kollege käme mit einer aufgebrezelten Tussi, die zu spät zum Catering kommt.

Na ja. Immer noch besser, die Sicherheitsmannschaft macht sich lustig über mich, als wenn sie die Polizei einschalten würden.

Tatsächlich kommen wir ohne weitere Probleme in das Haus, wo mich Carlos noch in Richtung Küche schleift, damit niemand Verdacht schöpft. Erst kurz davor bleibt er stehen.

»Das hätten wir geschafft. Mach mir keinen Ärger, sonst verliere ich meinen Job«, mahnt er mich, bevor er mich schließlich alleine lässt, um seiner Arbeit nachzugehen.

Erst jetzt komme ich dazu, mich im Haus umzusehen. Als Allererstes fällt mir auf, wie viele Gäste doch schon hier sind. Ich dachte, wir wären unter den Ersten, aber weit gefehlt. Die Gespräche bilden bereits eine angenehme Geräuschkulisse, sogar Medienvertreter mit Foto- und Filmkameras sind schon hier, und ich atme erleichtert auf. Je mehr Menschen anwesend sind, desto größer ist meine Chance, Evan Chambers aus dem Weg gehen zu können.

Deshalb achte ich auch darauf, ihm nicht unabsichtlich vor die Füße zu stolpern, als ich meinen Streifzug durch das Haus fortsetze. Es ist nicht so protzig, wie ich es von Evan Chambers erwartet hätte. Im Gegenteil, man sieht zwar recht deutlich, wie teuer hier alles gewesen sein muss, aber es wirkt trotzdem angenehm gemütlich. Obwohl die Anordnung der Möbel bestimmt nur für diesen besonderen Tag so gewählt worden ist. Sogar eine Bar mit Barkeeper, der bereits Cocktails für die Gäste zubereitet, wurde aufgebaut.

Ich schlendere durch die Räume, wobei mir ein paar Nischen auffallen, die wohl extra dafür eingerichtet wurden, um den Gästen einen Rückzugsort für privatere Gespräche zu bieten. Natürlich, bei derartigen Events kommen alle wichtigen Persönlichkeiten zusammen. Ich kann mir gut vorstellen, dass da auch Geschäfte gemacht werden. Schließlich bin ich ebenfalls aus genau diesem Grund hier. Wenn sich auch mit mir niemand in eine dieser Ecken zurückziehen wird, um mir ein unwiderstehliches Angebot zu machen. Meine Aufträge bekomme ich hoffentlich nach dieser Party, wenn ich die Fotos abgeschickt habe, die ich hier machen will.

Dieser Gedanke ist auch schon mein Stichwort. Ich ziehe mich in einen ruhigeren Bereich zurück und greife nach meiner Kameratasche. Erst jetzt fällt mir ein, dass ich leicht hätte auffliegen können, wenn Carlos' Kollege in meine Tasche hätte sehen wollen. Sie ist doch recht sperrig, weshalb es, im Nachhinein gesehen, wahrscheinlich sogar besser war, mich als Personal auszugeben. Kaum ein Gast wird hier mit einer derart großen Tasche auftauchen. Außer, sie wollen sich etwas Silber unter den Nagel reißen. Aber das ist bei der Klientel wohl eher unwahrscheinlich. Ich hatte also richtig Glück.

Froh darüber, noch mal davongekommen zu sein, packe ich meine Kamera aus, passe die Einstellungen den hier gegebenen Bedingungen an und mische mich wieder unter die Leute. Diesmal allerdings, um endlich den Job zu machen, für den ich hergekommen bin.

4

EVAN

Früher habe ich diese Partys geliebt, auf denen sich die schönsten Frauen herumtreiben und nur darauf warten, ihrer Karriere einen Schubs zu geben. Denn natürlich macht ein erfolgreiches Event die perfekte Durchmischung der Gäste aus. Es sind nicht nur berühmte Persönlichkeiten aller möglicher Sparten, angefangen bei Film und Fernsehen, anwesend, sondern auch kleinere Sternchen, die noch auf den großen Durchbruch oder einen Karriereschub warten. Dabei werden auf solchen Partys nicht nur berufliche Dinge besprochen, sondern gerne auch private Arrangements getroffen, die die anwesenden Medien allerdings nicht mitbekommen sollten.

Doch die Schönheit, die gerade vor mir steht und eindeutig zu jenen Gästen gehört, die Berufliches und Privates gerne verbinden, indem sie sich hochschlafen, scheint sich nicht weiter an den Kameras zu stören.

Aufreizend spielt sie mit ihrer Zunge am Strohhalm ihres Cocktails und erwartet wohl, dass ich ihr den oberen Stock meines Anwesens zeige. Doch ich empfinde dabei nichts als Langeweile. Es sind die ewig gleichen Menschen, auf den ewig gleichen Partys mit den ewig gleichen Gesprächen. Auch dieser Fall hier wird ablaufen wie immer. Sie macht mir eine Zeit lang schöne Augen, bis ich schließlich nachgebe und sie mit in mein Schlafzimmer nehme.

Keine Frage, ich stehe auf Sex. Und auf schöne Frauen. Aber um ehrlich zu sein, ödet mich dieses Leben nur noch an. Seit Jahren schon bietet sich mir keine Abwechslung mehr. Der Aufbau meiner Firma war eine Herausforderung, ja. Ich bin ein viel beschäftigter Mann, dem die Frauen zu Füßen liegen. Kaum jemand würde auf die Idee kommen, dass ich mit Langeweile zu kämpfen habe. Aber leider ist es so. Mein einziger Ausgleich sind Extremsportarten, die ich mittlerweile allerdings auch alle durch habe und nur noch wenig Nervenkitzel bringen.

Bei Frauen gilt das Gleiche. Um sie ins Bett zu bekommen, muss ich noch nicht einmal mit den Fingern schnippen. Aus dieser Not heraus, über die sich andere Männer sicher freuen würden, habe ich mir etwas Besonderes einfallen lassen.

Obwohl ich normalerweise nicht darauf stehe, habe ich mich mit Sexspielzeug ausgestattet. Das ganze populäre Fifty-Shades-of-Grey-Zeug, auf das die Frauen seit Bekanntwerden des Buches so stehen. Jedenfalls dachte ich, es wäre eine größere Herausforderung, Frauen dazu zu bringen, mir gefügig zu sein. Wann und wie ich sie haben will. Anstatt sie einfach nur in mein Bett zu bekommen. Doch nach dem ersten Schreck, wenn ich ihnen mein neues Spielzeug gezeigt habe, waren sie bisher doch alle willig, sich darauf einzulassen. Also habe ich auch hier versucht, meine Grenzen auszuloten. Ich wollte nichts mehr als ein wenig Widerstand. Oder anders ausgedrückt: Es fehlt mir, eine Frau erst erobern zu müssen, bevor sie ihre Beine breit macht. Doch wenn sich sogar die toughste Schauspielerin, die sonst nur in Actionfilmen zu sehen ist, bereitwillig von mir ans Bett fesseln und auspeitschen lässt, ohne auch nur im Geringsten daran zu denken, sich mir zu widersetzen, vergeht mir die Lust daran.

Ja, ich dominiere gerne im Bett. Aber nein, es bereitet mir keinen Ständer, einer Frau Schmerzen zuzufügen. Hätte mich hingegen irgendeine von ihnen gefragt, ob ich noch ganz dicht bin, wer weiß, vielleicht wäre ich bereit gewesen, mehr als eine Nacht mit ihr zu verbringen. Zumindest wäre ihr mein Respekt sicher gewesen. Nichts gegen all jene, die tatsächlich auf derlei Spiele stehen. Aber ich kann es einfach nicht leiden, wenn jemand alles tut, was ich verlange, und seine eigene Meinung nicht äußert. Dieser Sorte Mensch begegne ich im Berufsleben schon viel zu oft.

Vielleicht ist auch das mit ein Grund, weshalb ich in letzter Zeit so unausgeglichen bin. Meine Firma ist eine der erfolgreichsten im ganzen Land. Jeder will etwas von mir und ist dafür bereit, mir in den Hintern zu kriechen. Aber keiner traut sich, mir die Stirn zu bieten.

»Wenn du sie nicht willst, nehme ich sie dir gerne ab.«

Mein Geschäftspartner Max hat die Willigkeit der Blondine offenbar ebenfalls bemerkt. Er beherrscht es, sich geräuschlos anzuschleichen. Ansonsten sind wir zum Glück immer noch unbemerkt und das Model dürfte nicht gehört haben, was er mir ins Ohr geraunt hat. Denn sie flirtet ungeniert weiter.

»Findest du es hier nicht auch etwas zu voll?«, fragt sie mich auch schon mit süßlicher Stimme und macht einen Schmollmund, der wohl sexy wirken soll.

Ich mustere sie von oben bis unten und überlege, ob ich ihr eine Chance gebe, sich doch noch meinen Respekt zu verdienen, wenn ich auch jetzt schon weiß, dass sie die Nächste sein wird, die mich mit ihrem Körper machen lassen wird, was auch immer ich will. Dabei sieht sie wirklich scharf aus in ihrem hautengen Kleid, das mir nicht nur einen tiefen Blick in ihr üppiges Dekolleté erlaubt, sondern auch ihre anderen Reize nicht versteckt. Für Männer, die solche Frauen sonst nur aus weiter Entfernung sehen, mag das anziehend wirken. Ich kann mir vorstellen, dass einige nur bei ihrem bloßen Anblick einen Ständer bekommen. Max zum Beispiel. Aber da ich nichts anderes gewohnt bin, lässt mich ihr Aussehen relativ kalt.

Als sie sich jedoch so vor mich stellt, dass nun wirklich niemand mehr sehen kann, wie sie meinen Schwanz durch den Stoff der Hose in die Hand nimmt, bin ich doch erstaunt. Sie nähert sich meinem Ohr und ich denke schon, sie will mir wieder irgendetwas besonders Anzügliches sagen, da spüre ich, wie sie an meinem Ohrläppchen saugt. Ihre prallen Silikonbrüste pressen sich an mich, und ich bekomme nun doch eine Erektion. Schließlich bin ich auch nur ein Mann. Aber immerhin einer, der sein Hirn benutzen kann, obwohl das Blut gerade dabei ist, in tiefere Gefilde abzutauchen. Ich greife nach ihrer Hand und entferne sie von meinem besten Stück.

»Nicht hier«, sage ich, während ich ihr Handgelenk fest umklammert halte.

5

SERAPHINA

So unwohl ich mich auch dabei gefühlt habe, das mit dieser Party tatsächlich durchzuziehen, macht mir der Job hier richtig Spaß. Wobei Job die falsche Bezeichnung dafür ist, wenn mich niemand bezahlt, ich sogar, wenn man es genau nimmt, illegal hier bin. Denn ob bei dieser Aktion überhaupt irgendwas für mich und meine Karriere herausspringt, wird sich frühestens in ein paar Wochen erweisen.

Wobei ich durchaus Glück haben könnte. Bei den durchweg bekannten Persönlichkeiten, von ein paar Möchtegernmodels abgesehen, stehen meine Chancen nicht schlecht, jemanden zu erwischen, der von meiner Arbeit tatsächlich begeistert ist und genug Einfluss hat, um meine Karriere voranzutreiben.

Auf der Suche nach passenden Motiven streife

ich durch das Anwesen, als ein Schauspielerehepaar, das seit geraumer Zeit wegen ihrer angeblichen Trennung in den Boulevardblättern zu sehen ist, meine Aufmerksamkeit erregt. Nicht, weil sie sich streiten würden, was sie laut den Medien ständig tun, nein. Sie wirken so unglaublich zärtlich miteinander, dass ich sofort meine Kamera zücke.

Ganz ehrlich, die beiden müssten herausragendes Talent besitzen, wenn ihre Zuneigung und Liebe zueinander tatsächlich nur gespielt wäre. Mit genug Abstand, um von den beiden nicht entdeckt zu werden, mache ich ein paar Fotos, die ich mir anschließend durch das Display meiner Kamera ansehe.

Auf einem kommen ihre Gefühle besonders gut hervor. Er hat die Hand auf ihre Wange gelegt, in die sie sich richtiggehend hineinschmiegt, während ihre Augen geschlossen sind und seine liebevoll auf ihr ruhen. Würde es ein solches Foto in die Zeitung schaffen, wären alle Gerüchte sofort zunichtegemacht. Doch leider hat eine glückliche Beziehung keinen Unterhaltungswert, weshalb ich es an das Management der beiden schicken werde. Zumindest kann sich das Paar privat daran erfreuen oder es zumindest in die persönlichen Accounts der sozialen Medien bringen.

Schmachtend, weil ich mir selbst eine derart liebevolle Beziehung wünschen würde, wende ich mich wieder dem Geschehen zu und suche nach meinem nächsten Motiv. Als ich ein lautes, ansteckendes Lachen höre, blicke ich zu einer älteren Dame am anderen Ende des Raums. Es handelt sich um eine bekannte Moderatorin, die für ihre witzigen Einlagen berühmt ist. Offensichtlich hat sie nicht nur Talent dazu, andere zum Lachen zu bringen, sondern lässt sich selbst auch gerne dazu verführen. Schnell hebe ich meine Kamera an und mache ein paar Fotos, die die Frau zeigen, wie sie sich gerade köstlich über einen Witz ihrer Gesprächspartnerin amüsiert.

Merkwürdig, all diese Menschen dürften ihr Glück gefunden haben. Zumindest scheinen sie auf mich recht zufrieden zu sein. Das Leben, das sie sich aufgebaut haben, passt perfekt zu ihnen. Und ich bin mittendrin und trotzdem selbst noch nicht ganz angekommen.

»Hast du dich verlaufen?«, reißt mich eine bekannte Stimme aus meinen Gedanken.

»Greg. Was machst du denn hier?«

»Das sollte ich dich fragen. Stehst du bei Evan Chambers nicht auf der Abschussliste?«

Toll. Genau daran kann sich mein Ex natürlich noch erinnern. Hätte er ein ähnlich gutes Gedächtnis gezeigt, als er mit seinen Freunden durch die Bars gezogen ist, wären wir heute vielleicht nicht getrennt. Aber scheinbar hatte er vergessen, dass er in einer Beziehung ist und deshalb keine andere abschleppen sollte.

»Offenbar nicht. Sonst wäre ich wohl kaum hier«, erwidere ich patzig. Er muss schließlich nicht wissen, dass ich mich eingeschmuggelt habe.

»Und du hast ihm seinen Angriff auf dich verziehen?«, frage ich ihn spitz. Dabei weiß ich nur zu gut, wie weit Greg für seine Karriere gehen würde. Obwohl er nachtragend ist, macht er für Menschen, die einflussreich genug sind, um ihm zu helfen, eine Ausnahme.

»Ach, das war doch gar nichts«, spielt er die Sache auch schon runter. Aber mir kann er nichts vormachen. Evan Chambers hat dafür gesorgt, dass Greg einen gut bezahlten Job verloren hat, weil er darauf bestand, die Bilder für ein Magazin von einem anderen Fotografen machen zu lassen. Das Ego meines Ex-Freundes war ganz schön angekratzt.

»Darf es ein Glas Champagner für Sie sein?«, mischt sich ein Kellner in unser Gespräch ein.

Mit einem Lächeln nehme ich mir eine Flöte von dem üppig bestückten Tablett und nutze die Gelegenheit, Greg einfach stehen zu lassen.

Nachdem ich mich ein paar Meter von meinem Ex entfernt habe, nippe ich an meinem Glas und beobachte meine Umgebung genau. Wie es sich für eine Fotografin nun einmal gehört. Das Haus von Evan Chambers gefällt mir richtig gut. Zwar ist es für nur eine Person übertrieben groß mit seinen zwei Stockwerken, wovon alleine das Erdgeschoss locker 200 Quadratmeter bemisst. Aber es ist geschmackvoll eingerichtet und nicht so pompös wie manch andere Immobilien von Stars, die ihren Reichtum gerne zur Schau stellen.

Bei meinem Streifzug durch das Anwesen begegnen mir noch einige interessante Persönlichkeiten und ich nehme mir vor, sie später alle zu fotografieren. Aber zuerst will ich mich für einen Moment dazugehörig fühlen und einfach nur den Champagner genießen. Ich nehme gerade einen Schluck, als mein Blick auf ein Pärchen etwas abseits des Trubels fällt. Als ich den Mann erkenne, an dessen Hals eine zierliche Blondine mit unnatürlich üppiger Oberweite hängt, stockt mir für einen Moment das Herz. Obwohl ich damit rechnen musste, dem Hausherrn irgendwann über den Weg zu laufen.

Trotz unserer nicht sonderlich erfreulichen Vergangenheit traue ich mich, die Kamera anzuheben und ein paar Fotos zu machen. Evan Chambers in seiner natürlichen Umgebung. Natürlich werde ich mich davor hüten, diese Bilder zu veröffentlichen. Aber ich kann einfach nicht widerstehen, wenn sich mir eine solche Gelegenheit bietet. Wie es aussieht, stehen die beiden kurz davor, die Party eine Zeit lang zu verlassen.

Und tatsächlich. Er nimmt plötzlich ihre Hand in einen eisernen Griff und sieht die Blondine grimmig an. Irgendetwas raunt er ihr entgegen, ich stehe aber zu weit weg, um es verstehen zu können. Wobei ich davon ausgehe, dass ich selbst einen Meter neben den beiden nichts hören würde. Evan Chambers ist vielleicht ein Draufgänger, aber er ist nicht dumm. Obwohl ihm sein Ruf vorauseilt, lässt er sich nur noch selten mit Frauen in der Öffentlichkeit sehen. Vielleicht war ihm das Foto, das ich damals gemacht habe, eine Lehre.

Gerade als ich denke, die beiden würden nach oben verschwinden, trifft mich Evans Blick durch die Linse meiner Kamera. Langsam senke ich sie ab und stehe wie versteinert da.

6

EVAN

Das kann doch alles nicht wahr sein. So sehr habe ich auf ausreichende Sicherheitsmaßnahmen geachtet und jetzt hat sich ausgerechnet sie Zutritt zu meinem Haus verschafft. Ja, ich erinnere mich genau daran, wie die Frau aussieht, die ein Foto von mir und zwei Prostituierten gemacht und den Medien verkauft hat. Obwohl ich sie nicht gesehen habe, als das Bild entstanden ist, habe ich mich im Nachhinein ausführlich über diese Person erkundigt.

Eigentlich dachte ich, Seraphina Reed hätte sich mittlerweile zurückgezogen. Irgendwohin, wo sie außerhalb meines Wirkungskreises ist. Ein paar Wochen nach dem Foto des Schreckens habe ich sie zwar noch hin und wieder gesehen und einmal sogar aus einem Lokal schmeißen lassen, aber seither war sie wie vom Erdboden verschluckt. Fotos von ihr habe ich ebenfalls keine mehr gesehen. Zumindest nicht bewusst. Wobei ich zugeben muss, nach einiger Zeit damit aufgehört zu haben, danach zu suchen. Doch jetzt ist sie hier. Auf meiner Party. In meinem Haus. Und hat mich schon wieder mit ihrer Kamera in einer äußerst pikanten Situation erwischt. Ich kann nur froh sein, dass die Hand an meinem Schwanz von ihrer Position aus nicht sichtbar gewesen sein kann.

»Wollen wir nach oben gehen?«, flüstert mir die heiße Blondine, die noch immer vor mir steht, ins Ohr und reißt mich somit aus meinen Gedanken.

»Nein, danke«, antworte ich barsch, lasse sie einfach stehen und gehe auf Seraphina zu, die mich ansieht wie ein Reh im Scheinwerferlicht.

»Mr. Chambers«, höre ich eine Frau meinen Namen rufen, habe aber nicht die Absicht, ihr in diesem Moment Beachtung zu schenken. Stattdessen steuere ich weiter auf diese Fotografin zu, ohne sie aus den Augen zu lassen.

»Mr. Chambers, entschuldigen Sie bitte. Haben Sie kurz Zeit für ein Interview?«

Diese Worte lassen mich dann doch innehalten. Verdammt. Vor Journalisten sollte ich keine Szene anzetteln. Zähneknirschend bleibe ich stehen und setze mein professionellstes Lächeln auf, bevor ich mich zu der Frau umdrehe, die mich offenbar unbedingt sprechen will.

»Bitte, meine Liebe, was kann ich für Sie tun?«,

frage ich sie möglichst charmant, während ich mich unauffällig nach meinem Sicherheitschef umsehe. Leider kann ich ihn von hier aus nicht entdecken. Und selbst wenn, hätte es vermutlich nur die Aufmerksamkeit dieser Journalistin auf sich gezogen, würde ich John vor ihr bitten, Seraphina Reed hinauszugeleiten.

»Nun, ich frage mich, ob Sie sich eine Woche für uns frei machen können.«

Überrascht hebe ich meine Augenbrauen. Das Interesse der Medien an meiner Person ist groß, das weiß ich. Aber gleich für eine ganze Woche von ihnen eingespannt zu werden, halte ich dann doch für etwas übertrieben. Zumal ein Interview auf jeden Fall schneller vonstattengeht.

»Ich fürchte, ich verstehe nicht ganz, Mrs. ...«, suche ich nach ihrem Namen, kann mich aber nicht daran erinnern, dass sie sich vorgestellt hätte.

»Susan Gates«, lächelt sie mich an und streckt mir auch gleich ihre Hand entgegen, die ich höflich schüttle.

»Also, Mrs. Gates ...«

»Miss, bitte«, unterbricht sie mich und schenkt mir dabei ein Lächeln, das offensichtlich macht, wie interessiert sie an mir ist. Auch außerhalb ihres Jobs.

»Ms. Gates«, verbessere ich mich. »Was haben Sie denn mit mir vor, für das Sie mich gleich eine ganze Woche lang brauchen?«, frage ich sie, jetzt ebenfalls mit einem flirtenden Unterton, was sie sofort erröten lässt.

Sie räuspert sich, ehe sie antwortet.

»Wir drehen eine neue Realityshow und hätten Sie gerne als unseren nächsten Star«, erklärt sie mir, doch ich bin wenig begeistert und schaue sie nur auffordernd an.

»Wir haben eine Wahrsagerin, die jemandem, in diesem Fall Ihnen, die Zukunft voraussagt. In unserer Show begleiten wir Sie anschließend, um festzustellen, ob sie recht behält.«

»Aha«, gebe ich begeisterter von mir, als ich es tatsächlich bin. Um ehrlich zu sein, höre ich ihr schon nur noch mit halbem Ohr zu. Bei dem Wort Wahrsagerin war ich raus. In Gedanken bin ich wieder bei dieser Fotografin und dem Bild, das sie offenbar schon wieder von mir gemacht hat. Ich muss an diese Kamera kommen. Suchend sehe ich mich um. Seraphina Reed ist tatsächlich noch hier und unterhält sich mit einem anderen Fotografen, der mir vage bekannt vorkommt.

Die Worte der Journalistin prasseln auf mich ein, ohne in meinem Kopf einen rechten Sinn zu ergeben. Ich bin viel zu abgelenkt.

»Mr. Chambers?« Ms. Gates hat meine Unaufmerksamkeit offenbar bemerkt.

»Ja?«, erwidere ich ungeduldig. Ich kann mich nicht noch länger von ihr aufhalten lassen.

Langsam sollte ich etwas unternehmen, wenn ich die Fotos in die Finger bekommen möchte.

»Ich habe Sie gefragt, ob Sie Interesse daran haben, mitzumachen?«

Nur um der Situation endlich zu entkommen, sage ich zu. Bestimmt kann ich mich später noch aus der Sache rausreden. Ich will mich schon zum Gehen abwenden, da hält mich die Journalistin doch noch einmal auf.

»Prima. Wir haben unsere Wahrsagerin hier. Sie kann sofort loslegen. Das würde doch wirklich gut passen. Die erste Folge Ihrer Show hier in Ihrem Anwesen zu drehen. Ganz spontan und aus dem Leben gegriffen. Genauso soll es doch sein, meinen Sie nicht?«

Verdammt. Wie komme ich da nur wieder raus?

»Kann das nicht noch warten? Ich muss mich wirklich um meine Gäste kümmern«, unternehme ich den Versuch, das Unvermeidliche zumindest auf später zu verschieben.

»Ach, es dauert auch gar nicht lange. Wir sind im Handumdrehen fertig und Sie können Ihre Party weiter genießen«, übergeht sie meinen Einwand einfach und winkt im nächsten Moment auch schon ihren Kameramann heran, der im Schlepptau eine alte Dame hat.

7

SERAPHINA

Zum Glück wurde Evan Chambers genau in dem Moment von einer Journalistin aufgehalten, als er gerade auf mich zukommen wollte. Mit einem grimmigen Gesichtsausdruck, der nichts Gutes bedeutet.

Nachdem ich mich aus meiner Schockstarre befreit habe, will ich so schnell wie möglich in Richtung Ausgang rennen. Und knalle dabei gegen eine harte Brust.

»Da bist du ja wieder.« Greg scheint der unverhoffte Körperkontakt ganz gut zu gefallen. Er hält mich an der Hüfte fest und zieht mich noch enger an sich.

»Lass das«, fauche ich ihn an und befreie mich aus seinem Griff. Doch er hat nicht vor, mich einfach gehen zu lassen, und baut sich stattdessen vor mir auf.

»Ach komm schon, Sera. Jetzt tu nicht so, als wärst du abgeneigt«, meint er grinsend und deutet dabei an seinem Körper hinunter. Ich weiß nur zu gut, wie er unter dem Anzug aussieht. Und auch, wie er zu seinem Sixpack gekommen ist. Schließlich waren wir bis zu unserer Trennung gemeinsam im Fitnessstudio. Danach habe ich es vorgezogen, mich auf eine Kampfsportart zu konzentrieren. Einerseits, um die Wut auf ihn kanalisieren zu können. Andererseits, um ihm beim Training nicht mehr über den Weg zu laufen. Und ja, wahrscheinlich würde ich mich mit Entzücken auf ihn stürzen und sein Angebot annehmen. Hätte er mich nicht betrogen.

»Greg, was willst du? Falls du es vergessen hast, haben wir uns nicht gerade im Guten getrennt«, fauche ich ihn an, ohne auf seine Anspielung einzugehen. Ich muss hier weg. Und zwar bevor Evan Chambers sich aus den Fängen dieser Journalistin befreit hat und mich doch noch von seinem Anwesen verbannt.

»Sera, ich weiß, wir haben das schon mehrmals durchgekaut. Aber ich will dich zurück. Es war ein einmaliger Ausrutscher, verdammt«, sagt er jetzt gar nicht mehr so selbstbewusst wie noch gerade eben.

Er hat recht. Wir haben genau dieses Gespräch schon viel zu oft geführt. Und ich habe nach wie vor kein Interesse an einer Beziehung mit jemandem, der, kaum ist er mit seinen Jungs unterwegs und hat einen über den Durst getrunken, mit einer anderen im Bett landet.

»Nein, Greg. Zum tausendsten Mal. Das hättest du dir überlegen sollen, bevor du mit ihr nach Hause gegangen bist«, sage ich wütend, aber leise, damit uns die umstehenden Gäste nicht hören können. Ich habe keine Lust darauf, auf dieser Party, zu der ich nicht geladen bin, auch noch eine Szene zu machen.

»Komm schon. Wir passen doch so gut zueinander. Du kannst mir nichts vormachen, Sera. Deine Gefühle für mich können nicht auf einen Schlag weg sein, nur weil ich einmal einen Fehler gemacht habe.«

Nein, das waren sie nicht. Tagelang habe ich mir die Augen ausgeheult und mich selbst bedauert. Aber darüber bin ich hinweg. Zumindest sage ich mir das jeden Tag, wenn ich in den Spiegel schaue.

»Doch«, behaupte ich allerdings. »Genauso ist es, Greg. Oder hast du auch nur einen Moment an deine Gefühle für mich gedacht, als du mit dieser Frau ins Taxi gestiegen bist?«

Ja, ich weiß ganz genau darüber Bescheid, was an jenem Abend passiert ist. Damals wollte ich jedes Detail erfahren. Doch heute wünsche ich mir, ich hätte nie danach gefragt. Die Bilder, die seitdem in meinem Kopf sind, werde ich so schnell nicht mehr los. Aber zumindest halten sie mich davon ab, weich zu werden und mich tatsächlich wieder auf meinen Ex einzulassen.

»Ich hätte das nicht tun dürfen …«

»Allerdings«, falle ich ihm ins Wort.

Er seufzt laut auf und ich sehe ihm an, wie sehr ihn die Sache mitnimmt. Wenn ich noch länger hier mit ihm stehe, knicke ich doch noch ein. Außerdem könnte es dann gefährlich für mich werden. Evan Chambers schaut schon wieder zu uns rüber. Meine Hoffnung, er könnte so abgelenkt von dem Interview sein, dass er mich vergisst, verpufft augenblicklich.

»Sie hat mir nichts bedeutet, Sera.«

Jetzt fängt er schon wieder mit der Leier an. Als ob das irgendetwas besser machen würde.

»Umso schlimmer, Greg. Und dafür hast du unsere Beziehung aufs Spiel gesetzt. Es tut mir leid, aber diesen Fehler kann ich dir nicht verzeihen«, versuche ich, eisern zu bleiben.

»Aber … Seraphina, ich liebe dich.«

Greg greift nach meiner Hand und sieht mich auf einmal mit einem so merkwürdigen Gesichtsausdruck an, dass mir nichts Gutes schwant.

»Was hast du vor, Greg?«, frage ich ihn alarmiert.

»Etwas, das ich schon längst hätte tun sollen«, antwortet er und macht Anstalten, vor mir auf die Knie zu gehen.

8

EVAN

»Das ist unsere Wahrsagerin. Sind Sie bereit für Ihre erste Folge, Mr. Chambers? Mrs. Pearse würde Ihnen dann jetzt Ihre Zukunft vorhersagen.«

Meine … Was? Ach du meine Güte, wo bin ich denn hier gelandet? Ich hätte wirklich besser zuhören sollen, anstatt mich auf diese Fotografin zu konzentrieren. Diese Mrs. Pearse sieht aus, als käme sie direkt vom Zirkus. Dabei passt ihr Name so gar nicht zu einer Frau, die die Glaskugel befragt. Aber gut. Jetzt ist es wohl zu spät, um abzulehnen. Außerdem wollte ich doch ein neues Abenteuer. Hier habe ich es.

»Gerne. Was muss ich tun?«, stelle ich mich der Herausforderung und ich kann gar nicht so schnell schauen, da hat Mrs. Pearse sich auch schon meine

Hand geschnappt und begutachtet sie interessiert. Na dann.

Ich glaube zum Glück nicht an diesen Hokuspokus, sonst hätte ich mich bestimmt zur Wehr gesetzt. Aber so schaue ich mir gerne an, was die Frau zu sagen hat. Mit einem Schmunzeln warte ich darauf, welche Zukunft mir prophezeit wird.

»Sie werden schon bald die große Liebe finden, Mr. Chambers«, erklärt sie mir geheimnisvoll, was mir nur ein schwaches Grinsen abringt. Schon klar. Da ich keinerlei Interesse daran habe, irgendeine Liebe zu finden, es sei denn für eine Nacht, kann ich ihr prophezeien, dass diese Realityshow ein Reinfall wird.

»Warten Sie«, fährt sie in einem dramatischen Tonfall fort, den man von einer Wahrsagerin auf dem Wochenmarkt auch erwarten würde. »Sie kennen die Frau bereits.«

Das wird immer schöner. Ich ziehe die Augenbrauen in die Höhe und werfe Ms. Gates neben mir einen vielsagenden Blick zu. Doch die scheint völlig angetan zu sein und hofft vermutlich, sie selbst wäre die Auserwählte. Ach du meine Güte. Ich bin von lauter Irren umgeben. Wenn tatsächlich irgendwo da draußen meine große Liebe auf mich warten sollte, und ich würde ihr raten, ganz viel Zeit mitzubringen, denn ich habe nicht vor, mich so schnell zu binden, dann handelt es sich ganz gewiss nicht um eine Frau, die ich bereits kenne. Keine von denen, die in der Vergangenheit das Bett mit mir geteilt haben, käme jemals für mehr infrage. Und alle anderen waren zu uninteressant, um mich auch nur eine Nacht lang begeistern zu können. Noch ein Beweis dafür, dass diese Wahrsagerin eine Lügnerin ist.

Noch immer betrachtet sie meine Handfläche und fährt die feinen Linien mit ihren Fingern ab, als könne sie tatsächlich in ihnen lesen.

»Die Frau, der ihr Herz schon bald gehören wird, ist ebenfalls hier. Hier auf dieser Party«, fährt sie mit ihrer Weissagung fort, die immer lächerlicher wird.

Ja, ich kenne alle Frauen, die heute hier sind. Schließlich habe ich sie eingeladen. Allerdings weiß ich nur zu gut, dass keiner von ihnen jemals irgendetwas von mir gehören wird. Es sei denn mein Schwanz für ein paar Stunden. Aber das war es dann auch schon.

»Oh, das klingt aber aufregend. Wer ist es?«, fragt die Journalistin neben mir begeistert, was mich dazu bringt, mit den Augen zu rollen.

Okay, als romantische Frau mit Hang zur Dramatik kann ich mir vielleicht vorstellen, dass sich die Geschichte der Wahrsagerin spannend anhört. Aber sie kann diesen Schwachsinn doch nicht allen Ernstes glauben. Ich meine, ehrlich? Die Liebe meines Lebens? Auf die habe ich bestimmt gewartet. Vielleicht ist es auch noch das Model, das mich vorhin angemacht hat. Zuzutrauen ist diesen Journalisten doch alles. Die wollen anscheinend wieder irgendeine Unbekannte zum nächsten Realitystar machen. Als hätten wir nicht bereits genug Z-Promis. Oder aber Ms. Gates hat beschlossen, selbst in diese Rolle zu schlüpfen. Auch das wäre denkbar.

Da ich nun aber schon zugesagt habe, werde ich bei diesem verrückten Spiel wohl oder übel mitmachen müssen. Deshalb werde ich einfach das Beste daraus machen und mich mit meiner angeblich großen Liebe, wer auch immer sie sein mag, zumindest ein bisschen amüsieren. Im Bett versteht sich. Schließlich sind diese Medienleute nicht dumm. Sie werden kaum eine Frau auswählen, die nicht gut aussieht. Im Gegenteil. Wenn ich diesen Zinnober hier richtig einschätze, werden sie sich jemanden aussuchen, der die Einschaltquoten ordentlich nach oben treibt. Und dafür kommt nur eine äußerst attraktive Frau infrage.

»Da. Sie ist es«, ruft die Wahrsagerin auf einmal und deutet hinter uns.

Ich kann gerade noch widerstehen, laut loszulachen, und drehe mich stattdessen neugierig um. Die gesamte Gästeschar dürfte das Schauspiel mitverfolgt haben und sieht ebenfalls zu der Frau, die die Wahrsagerin eben als meine große Liebe entpuppt hat.

Als ich sie sehe, wird mir bewusst, dass ich mit einem recht hatte. Sie ist attraktiv. Unter anderen

Umständen hätten das durchaus angenehme Wochen werden können. Doch anstatt mich über die Wahl der Wahrsagerin zu freuen, kocht erneut Wut in mir hoch.

Das ist Seraphina Reed. Zu ihrem Glück hat sie wenigstens so viel Anstand, rot anzulaufen. Das war sicher ein abgekartetes Spiel.

9

SERAPHINA

Die Dame, die sich neben dem Kameramann zu Chambers und der Journalistin gesellt hat, zeigt mit dem Finger auf mich und plötzlich drehen sich alle Anwesenden zu mir um. Inklusive dem Mann, dem ich eigentlich entkommen wollte.

»Habe ich was verpasst?«, fragt Greg mich, der in seiner Bewegung innehält und sich wieder gerade aufrichtet. Immerhin konnte ich seinem Vorhaben entkommen. Doch das, was da gerade ein paar Meter von uns entfernt passiert, scheint nicht gerade besser zu sein.

Als ich ahnungslos die Schultern hebe, kommt die Journalistin auch schon mit einem breiten Grinsen auf mich zu. Gefolgt von dieser merkwürdigen Dame, dem Kameramann und Evan Chambers. Nervös sehe ich mich um, finde aber keine Möglichkeit, mich noch schnell in Luft aufzulösen. Deshalb bleibt mir nichts anderes übrig, als mich der Meute zu stellen.

»Willkommen bei WBDE. Darf ich Ihren Namen erfahren?« Ohne mir zu erklären, worum es hier eigentlich geht, hält mir die Frau einfach ein Mikrofon unter die Nase und ich habe keine Ahnung, wie ich reagieren soll.

Zumindest sieht Chambers mich nur böse an, macht aber keine Anstalten, mich rauszuschmeißen. Also beruhige ich mich etwas und beantworte die Frage der Journalistin.

»Mein Name ist Seraphina Reed«, lächle ich sie nervös an, ohne allerdings nachzufragen, was sie von mir will. Ich kenne die Medien. Vor laufender Kamera sollte man möglichst wenig sagen. Zumindest dann, wenn man nicht weiß, in welche Richtung sich das Gespräch entwickelt.

»Ms. Reed, unsere Wahrsagerin hat Sie soeben zu Mr. Chambers großer Liebe erklärt. Was sagen Sie dazu?«

Es kostet mich alle Mühe, meine Gesichtszüge nicht vollkommen entgleisen zu lassen. Bevor ich irgendetwas erwidere, blicke ich zu dem Mann, um den es hier offensichtlich geht. Auch er scheint nicht sonderlich angetan von den Neuigkeiten zu sein. Wenn ich es richtig deute, brodelt er vor Wut. Verständlich, um ehrlich zu sein.

»Ich denke, da habe ich auch noch ein Wörtchen mitzureden«, mischt Greg sich ein, als ich gerade den Mund aufgemacht habe, um zu antworten.

Die Journalistin sieht ihn überrascht an.

»Und Sie sind?«, fragt sie mit einem Funkeln in den Augen, das von ihrer Sensationsgier zeugt. Was zum Geier geht hier ab?

»Ich bin ihr Freund«, sagt Greg und legt seinen Arm besitzergreifend über meine Schulter.

»Ex-Freund«, sage ich und befreie mich aus seinem Griff, immer darum bemüht, mein Lächeln im Gesicht zu behalten. Greg allerdings verliert seines abrupt und wendet sich erbost von uns ab. Gut so. Ein Problem weniger, um das ich mich kümmern muss. Zumindest im Moment.

»Und ich glaube, das hier ist ein großes Missverständnis«, versuche ich mich aus der Sache rauszureden. Von wegen Mr. Chambers große Liebe. Der würde mich lieber umbringen, als auch nur ansatzweise nett zu mir zu sein.

»Mr. Chambers und ich …«, beginne ich, mich zu erklären, obwohl ich selbst noch nicht ganz weiß, wie ich diesen Satz beenden will. Soll ich ihr verraten, was zwischen uns vorgefallen ist? Oder mir lieber eine Geschichte ausdenken, die uns beide aus dieser Nummer rausholt? Wobei, wenn ich es mir recht überlege, ist das eigentlich seine Aufgabe. Er hätte diese Journalistin gleich im Vorhinein davon abhalten sollen, mich mit hineinzuziehen. Doch ich komme gar nicht so weit, noch irgendetwas zu sagen. Bevor ich ihr eine Abfuhr erteilen kann, kommt die Journalistin mir zuvor.

»Mr. Chambers und Sie sind die neuen Stars unserer Realityshow. Er hat bereits zugesagt und ich hoffe sehr, dass auch Sie sich dazu bereit erklären. Immerhin geht es darum, herauszufinden, ob unsere Wahrsagerin recht behält«, trällert sie vergnügt vor sich hin und wendet sich der Kamera zu, bevor ich auch nur daran denken kann, Einspruch zu erheben. Während sie dem Publikum erklärt, was in der nächsten Folge passieren wird, wobei ich mich frage, wie sie das jetzt schon wissen kann, keimt in mir Panik auf.

Eine gemeinsame Realityshow mit Evan Chambers würde bedeuten, ich müsste ihn regelmäßig sehen. Und Zeit mit ihm verbringen. Mir schlottern die Knie alleine bei dem Gedanken daran.

»Sie werden sich weigern, bei dieser Show mitzumachen. Das sind Sie mir schuldig«, raunt mir eine tiefe Männerstimme ins Ohr und reißt mich damit nicht nur aus meinen Gedanken, sondern beschert mir auch noch eine Gänsehaut am ganzen Körper. Ich hätte damit rechnen müssen, dass auch Evan Chambers sich nicht einfach dazu überreden lässt, Zeit mit mir zu verbringen. Doch ich frage mich, weshalb er nicht einfach dazwischengeht und dem Spuk ein Ende bereitet. Schließlich kann ihn niemand dazu zwingen, bei dieser Show mitzumachen.

Leider bin ich viel zu stur, um mir von irgendjemandem Befehle erteilen zu lassen. Und deshalb reagiere ich wie immer in solchen Situationen. Ich tue genau das, was ich nicht tun sollte. Mit einem gezwungenen Lächeln drehe ich mich zu Chambers um, damit ich ihm in die Augen sehen kann. Sie sind blau wie das Meer oder viel mehr noch wie ein Eisblock, denn sein Blick strahlt nichts als Kälte aus. Trotzdem lasse ich mich davon nicht abhalten.

»Aber wieso denn? So ein Dreh ist bestimmt sehr amüsant.«

Ich sehe ihn provozierend an, doch anstatt etwas zu erwidern, schnaubt er nur wütend auf. Im nächsten Moment weiß ich auch schon, weshalb er mir keine Szene macht. Die Journalistin kommt wieder auf uns zu. Diesmal allerdings ohne Kamera.

»Also, sind Sie dabei, Ms. Reed?«, fragt sie mich und ich spüre Evan Chambers kalten Blick in meinem Nacken.

»Ja, sehr gerne«, antworte ich trotzdem mit einem Lächeln im Gesicht, das nur ein kleines bisschen ins Wanken gerät, als ich Chambers hinter mir aufschnauben höre.

»Perfekt. Wir stimmen den Termin natürlich noch mit Ihnen beiden ab. Sie werden morgen schon von uns hören. Dann erfahren Sie auch, wie es weitergeht.«

»Ms. Gates«, setzt Chambers an und die Journalistin schenkt ihm einen Blick, der mich vermuten lässt, sie wäre gerne diejenige gewesen, die von der Wahrsagerin für ihn ausgewählt wurde. Nun, abgesehen davon, dass er ein Kotzbrocken ist, kann ich sie gut verstehen. Er ist mächtig, reich und unverschämt attraktiv. Von mir aus kann sie meinen Platz gerne übernehmen. »Ich denke, Sie sollten Ms. Reed eine Bedenkzeit einräumen. Schließlich wurde sie gerade von uns überrumpelt«, fährt er fort und schenkt der Journalistin dabei ein charmantes Lächeln.

»Die brauche ich nicht«, mische ich mich sofort ein. »Ich bin gerne dabei.«

Wir liefern uns ein Blickduell, von dem nur wir beide wissen, was es zu bedeuten hat. Und obwohl ich weiß, wie mächtig dieser Mann ist, wehrt sich in mir alles dagegen, einfach zu tun, wonach er verlangt.

»Also schön.« Gibt er für meinen Geschmack viel zu früh auf. Irgendwie hatte ich gehofft, trotz meiner Sturheit aus dieser Sache raus zu können. Immerhin reiße auch ich mich nicht gerade darum, diesem Mann noch öfter zu begegnen.

»Dann wäre das geklärt. Sie hören von uns«, verabschiedet sich Ms. Gates von uns. Als sie sich umdreht, setzt sich auch Chambers in Bewegung und lässt mich einfach hier stehen. Entnervt verlasse ich die Party, auf die ich niemals hätte kommen dürfen.

10

EVAN

»Wo warst du, Mann?«, fauche ich Max wütend entgegen, als die Journalisten endlich abgezogen sind.

»Was denn? Du hattest doch alles gut im Griff«, erwidert er mit einem süffisanten Grinsen.

Schon klar. Ganz offensichtlich hat er die Show genossen. Das sieht ihm ähnlich. Dabei ist es auch seine Firma, die durch einen peinlichen Fernsehauftritt unangenehm auffällt.

»Hast du sie nicht erkannt? Das war Seraphina Reed. Die Fotografin, die dieses beschissene Foto von mir verkauft hat. Mit ihr soll ich diese blöde Show drehen«, schimpfe ich vor mich hin, und tatsächlich zieht Max jetzt die Augenbrauen erstaunt in die Höhe. Dachte ich es mir. Ihm war die Tragweite des Ganzen nicht bewusst. Zum Glück hat sie mein Haus gleich nach diesem furchtbaren

Fernsehauftritt verlassen. Also muss ich mir zumindest um weitere Skandale keine allzu großen Sorgen machen.

»Wenn das so ist, solltest du sie besser bei Laune halten«, sagt er lapidar.

»Ich habe eine bessere Idee. Wir sollten uns mit den Anwälten zusammensetzen und diese Sache klären«, erwidere ich scharf und nehme auch schon das Handy zur Hand, um die beiden wichtigsten Anwälte unseres Unternehmens zu einem Gespräch zu bitten. Es ist schon spät, ich weiß. Aber immerhin bezahle ich sie gut.

Bevor Max und ich mein Haus verlassen, habe ich noch ein Wörtchen mit meinem Sicherheitschef zu reden.

»Wie konnte das passieren, John?«, fahre ich ihn an, doch seine Miene zeigt keinerlei Regung.

»Wir wissen es nicht, aber ich werde mich darum kümmern«, verspricht er mir.

»Gut. Ich muss ins Büro. Passen Sie mir auf, dass diese Party nicht noch weiter aus dem Ruder läuft«, weise ich ihn an, ehe ich zu Max in die Limousine steige, die bereits in der Auffahrt auf uns wartet.

Als wir in dem Konferenzraum unserer Firma ankommen, warten die beiden Anwälte schon auf uns.

»Ich komme gleich zur Sache«, beginne ich, sobald ich mich am Kopfende des Tisches aufgebaut habe, um die beiden Anwälte in mein Problem einzuweihen. Nachdem ich mit meinen Ausführungen fertig bin, sehen sie mich ernst an.

»Sie haben also vor laufender Kamera eine Zusage gemacht?«, fragt mich einer der beiden mit gerunzelter Stirn, den Blick über seine Lesebrille auf mich gerichtet.

»Das habe ich gerade gesagt. Ich will, dass Sie eine Möglichkeit finden, mich aus der Sache rauszuholen«, schnauze ich ihn an. Verdammt, wofür bezahle ich diese Typen eigentlich?

»Nun, Mr. Chambers, das ist nicht so einfach. Sie haben eine verbindliche, wenn auch mündliche Zusage gemacht. Da Sie außerdem zugestimmt haben, die erste Folge zu drehen, und das auch geschehen ist, könnte der Sender damit argumentieren, bereits einen Aufwand Ihretwegen gehabt zu haben. Ich würde Ihnen empfehlen, dabei zu bleiben. Sonst kann es teuer werden.«

Schon wieder kocht Wut in mir hoch. Ich kann mich nicht erinnern, wann ich mich zuletzt so oft ärgern musste. Das ist alles nur die Schuld dieser Fotografin. Ich hätte sie doch in Grund und Boden klagen sollen, als ich die Gelegenheit dazu hatte.

»Geld habe ich genug, das sollte kein Problem sein. Im Notfall kaufe ich den ganzen verdammten Laden auf«, fauche ich den Anwalt an. Dabei macht er nur seinen Job, das ist mir bewusst. Ich bin auch weniger auf ihn sauer als vielmehr auf die Tatsache, so blöde gewesen zu sein, mich, ohne weiter nachzufragen, gleich auf dieses Experiment eingelassen zu haben.

»Nun, dann können Sie natürlich auch einfach eine Entschädigung zahlen. Ich möchte Sie nur darauf hinweisen, dass diese Vorgehensweise eventuell ein schlechtes Licht auf Sie und Ihre Firma werfen könnte.«

Damit spricht er das an, was ich ebenfalls schon befürchtet habe. Immerhin haben wir es hier mit einer einflussreichen Mediengruppe zu tun. Sie werden die Angelegenheit wohl kaum einfach unter den Tisch fallen lassen. Und sie tatsächlich aufzukaufen, findet eigentlich nicht mein Interesse.

»Evan, sieh es doch von der positiven Seite. Wenn du bei dieser Show mitmachst und vorgibst, dich tatsächlich in diese Frau zu verlieben, kommt das vielleicht auch der Firma zugute. Du weißt selbst am besten, dass du dich aufgrund deines Rufs auf dünnem Eis bewegst«, mischt sich jetzt Max zum ersten Mal in das Gespräch ein.

Ich will ihm schon widersprechen, lasse mir den Gedanken dann aber doch kurz durch den Kopf gehen. Wenn ich in einem Sender mit einer derartigen Reichweite den verliebten Mann spiele, könnte das tatsächlich dazu führen, dass mein Leben einfacher wird. Zumindest wäre der Vorstand der Firma fürs Erste beruhigt. Ja, es könnte wirklich so einfach sein. Wäre da nicht Seraphina Reed, die nach ihren ganz eigenen Regeln spielt.

»Und wenn die Fotografin dabei nicht mitspielt?«, stelle ich deshalb die wichtigste Frage in den Raum.

Max lehnt sich in seinem Stuhl zurück und sieht mich mit einem Grinsen an, das ich nur allzu gut kenne. Er hat einen Plan. Seinem Gesichtsausdruck nach zu urteilen, einen, der ihm selbst die meisten Vorteile bringt.

Mein Geschäftspartner ist gut in seinem Job. Sonst würde ich nicht mit ihm zusammenarbeiten. Aber er ist auch mit Vorsicht zu genießen. Zwar ist er mir noch nie in den Rücken gefallen und ich sehe auch keinen Grund dafür, weshalb er das tun sollte, aber um an sein Ziel zu kommen, würde er auch über Leichen gehen. Das tut unserer Firma in gewisser Weise gut, aber manchmal muss er in seine Schranken gewiesen werden, um nicht über das Ziel hinauszuschießen.

»Was hast du vor?«, frage ich ihn deshalb mit einer Spur Neugierde, aber auch einer gesunden Portion Misstrauen.

»Wie es scheint, will die Kleine um jeden Preis Karriere machen. Das wird auch der Grund dafür gewesen sein, weshalb sie sich auf diesen Deal eingelassen hat«, erklärt er uns seine Ansicht der Dinge und hat damit vermutlich sogar recht. Diese Person hängt Max scheinbar um nichts hinten nach. »Ich gehe also davon aus, dass sie einen guten

Eindruck hinterlassen will. Wenn du mich fragst, wird sie dir nicht in die Quere kommen.«

Ich warte kurz ab, ob Max nur eine dramatische Pause machen möchte, bevor er zum Punkt kommt und uns in seinen tollen Plan einweiht. Das kann es schließlich nicht gewesen sein. Oder doch?

»Das ist alles? Ich soll mich darauf verlassen, dass sie sich vor der Kamera nicht lächerlich machen will? Bist du dieser Frau schon einmal begegnet? Seraphina Reed tut nie das, was man von ihr verlangt«, sage ich aufgebracht, als Max tatsächlich nicht weiterspricht.

»Komm schon, Evan. So schlimm kann sie nicht sein. Ich weiß, sie hat dieses Foto von dir veröffentlicht, aber das bestätigt doch nur meine Theorie, dass sie alles für ihre Karriere tun würde. Da passt es doch viel besser ins Bild, wenn sie sich auf ein paar nette Dates mit dir einlässt, als dass sie sich mit dir anlegt.«

Nun. Okay. Vielleicht hat er recht. Jedenfalls nicken auch unsere beiden Anwälte eifrig und scheinen somit ebenfalls seiner Meinung zu sein. Ganz zufrieden bin ich mit dieser Lösung allerdings nicht.

»Also gut. Dann mache ich das eben«, füge ich mich trotzdem resigniert meinem Schicksal.

11

SERAPHINA

»Ich kann es immer noch nicht fassen, dass du mit Evan Chambers eine Woche auf Hawaii verbringen wirst«, kichert Paula, als sie mir dabei hilft, passende Outfits für die Drehs zusammenzustellen. Da ich keine Ahnung habe, was der Sender mit uns vorhat, will ich für alle Eventualitäten gerüstet sein. Meine beste Freundin ist mir dabei die perfekte Hilfe. Und ja, sie hat recht. Gleich am nächsten Tag hat der Sender angerufen, um mir mitzuteilen, dass die Dreharbeiten für die Show auf Hawaii stattfinden werden. Evan Chambers und ich werden dort eine Woche lang in einem Luxusresort wohnen, um uns besser kennenzulernen. In getrennten Zimmern versteht sich. Ich habe extra nachgefragt.

»Es ist schließlich kein Urlaub mit meinem neuen Lover, Paula. Du vergisst meine Vorgeschichte mit diesem Typen. Außerdem werden wir hauptsächlich damit beschäftigt sein, freundlich in die Kameras zu grinsen. Es ist eine Show. Nicht mehr und nicht weniger.«

Meine Freundin mustert mich mit einem amüsierten Lächeln. »Gib's zu. Dir gefällt der Gedanke, ihm näher zu kommen.«

»Nein«, wehre ich mich vehement gegen diese Unterstellung. »Er ist ein Kotzbrocken. Ich mache das nur für meine Karriere. Wer weiß, vielleicht werde ich dadurch endlich entdeckt«, behaupte ich eisern. Obwohl es mir ein wenig Angst macht, wie mein Körper reagiert hat, als Chambers plötzlich so nah neben mir stand und mir ins Ohr geraunt hat. Zwar eine Drohung, aber trotzdem haben die Schwingungen seiner Stimme es bis in meinen Bauch geschafft, der merkwürdig zu flattern begonnen hat. Nicht zu vergessen die Gänsehaut, die er mir jedes Mal beschert, wenn ich ihn nur sehe.

»Das ist doch einerlei. Fest steht, du wirst Dates mit ihm haben. Wer weiß, vielleicht verliebt ihr euch wirklich noch«, zwinkert mir Paula zu, woraufhin ich nur die Augen verdrehe. Ja, klar. Weshalb sollte sich ausgerechnet jemand wie Evan Chambers in mich verlieben? Wobei. Halt. Die Frage sollte viel eher lauten, weshalb ich mich in jemanden wie ihn verlieben sollte. Zugegeben, er ist attraktiv. Das zu bestreiten wäre einfach nur lächerlich. Seine stahlharten Muskeln, zumindest nehme ich an, dass sie stahlhart sind, vorhanden sind sie auf jeden Fall, das sieht man sogar durch die Hemden hindurch, die er zu tragen pflegt, sind durchaus beeindruckend. Die himmelblauen Augen, mit denen er es, vielleicht aufgrund ihrer Farbe, schafft, besonders eisige Blicke abzufeuern, laden sicher manch eine Frau zum Dahinschmelzen ein. Die schwarzen Haare, die geradezu dazu einladen, die Finger darin zu vergraben, und ... Ach du meine Güte. Jedenfalls ist sein Charakter nicht derart einladend, wie es sein Aussehen vielleicht versprechen mag. Deshalb ist er absolut tabu für mich. Auch wenn ich ihn in dieser Woche tatsächlich daten muss, um festzustellen, ob ich die Liebe seines Lebens bin. Was ich einfach nur lächerlich finde. Wo hat der Sender diese Wahrsagerin aufgegabelt? Im Zirkus?

»Das ist wohl auszuschließen, nach allem, was zwischen uns schon passiert ist«, sage ich deshalb zu Paula und lege ein kleines Schwarzes neben die anderen Outfits, die ich bereits ausgesucht habe.

»Wenn man deine Kleiderwahl ansieht, könnte man annehmen, du wolltest ihn verführen«, bemerkt sie und deutet auf mein Bett, auf dem sich mittlerweile die gute Hälfte meines Schranks befindet.

Tatsächlich habe ich fast ausschließlich Kleider und sexy Unterwäsche aufbereitet. Ohne es bewusst zu merken, natürlich. Ich spüre, wie meine Wangen heiß werden, und drehe meiner Freundin den Rücken zu. Wenn sie jetzt sieht, wie ich rot anlaufe, denkt sie noch, sie hätte recht. Hastig schnappe ich mir ein paar Jeans und das älteste Shirt, das ich finde, und lege die Teile ebenfalls dazu.

»Zufrieden?«, frage ich sie.

Als ich mich zu ihr drehe und sehe, dass sie ein Lachen kaum noch zurückhalten kann, brechen wir beide in schallendes Gelächter aus.

»Okay, du hast gewonnen«, sagt sie und prustet noch einmal los.

In dem Moment läutet es an der Tür.

»Nanu, erwartest du jemanden?«, fragt sie mich und ich schenke ihr einen Blick, der aussagt, dass ich keine Ahnung habe, wer das sein könnte.

Eilig laufe ich zum Eingang und als ich die Tür öffne, steht ein mir unbekannter Mann im Anzug vor mir, der mir sofort unsympathisch ist.

»Ms. Reed?«

»Ja …«, antworte ich misstrauisch.

»Ich habe Ihnen ein Angebot zu machen, das Ihrer Karriere einen steilen Aufstieg verpassen wird.«

Das ist aber mal eine Ansage. Doch wie kommt dieser Mann dazu, so etwas zu behaupten?

»Und wer genau sind Sie?«, frage ich ihn.

»Jemand, der sehr einflussreich ist. Wir haben einen gemeinsamen Feind. Und wenn Sie mir helfen, ihn bloßzustellen, wird sich das für Sie auszahlen. Dafür werde ich sorgen.«

»Aha. Und wer soll das sein?«

Bis gerade eben wusste ich noch gar nicht, dass ich überhaupt Feinde habe, und dann soll ich auch noch den gleichen haben wie dieser schmierige Typ?

»Evan Chambers.«

Ach, der. Ja, ganz vergessen. Da war noch etwas. Wobei ich ihn nicht unbedingt als Feind tituliert hätte. Eher als jemanden, vor dem ich mich in Acht nehmen sollte und der mich gleichzeitig rasend macht.

»Was wollen Sie von mir?«

Mir kommt diese ganze Sache mehr als merkwürdig vor. Zuerst diese Realityshow und dann das hier. Langsam frage ich mich, wie ich es monatelang geschafft habe, Evan Chambers aus dem Weg zu gehen, wenn ich jetzt überall auf ihn, oder Menschen, die mit ihm zu tun haben, treffe.

»Nicht viel. Sie sollen nur das tun, was Sie schon einmal geschafft haben. Fotografieren Sie ihn in einer, nun ja, prekären Situation.«

Meine Augenbrauen ziehen sich zusammen und meine Augen werden zu kleinen Schlitzen. Hier ist doch irgendetwas faul.

»Und was haben Sie davon?«

»Die Frage ist viel eher, was Sie davon haben, Ms. Reed. Ich kann Ihnen helfen, an die einflussreichsten Menschen zu kommen, um Ihren Traum einer Künstlerkarriere leben zu können. Ich habe Kontakte zu Galeristen und kann Ihnen Shootingaufträge besorgen.« Er grinst mich an und erinnert mich dabei an die Schlange aus dem Dschungelbuch. Ich würde viel für meine Karriere tun, aber bestimmt werde ich niemanden dafür opfern. Wenn, will ich es auf ehrlichem Weg schaffen. Weil ich gut bin. Und nicht, weil ich mich mit dem Teufel höchstpersönlich eingelassen habe.

»Das klingt sehr verlockend, Mr. …«, ich sehe ihn abwartend an, doch er denkt nicht daran, sich mir vorzustellen. Gut, damit war zu rechnen. Im Grunde ist es auch egal, wer er ist. Ich lasse mich auf seinen dreckigen Deal jedenfalls nicht ein. »Ich muss leider ablehnen. Derartige Geschäfte mache ich nicht gerne«, sage ich und will ihm die Tür vor der Nase zuknallen, doch er schafft es rechtzeitig, einen Fuß einzuhaken, sodass ich mir wohl oder übel anhören muss, was er noch zu sagen hat.

»Ich glaube, Sie verstehen mich nicht richtig. Ich kann Ihnen helfen. Oder aber ich kann Ihnen Steine in den Weg legen und dafür sorgen, dass Sie nie wieder einen Auftrag bekommen. Von einer Karriere als Künstlerin ganz zu schweigen.«

Verdammt. Ich wusste, es kann nichts Gutes dabei rauskommen, wieder mit Evan Chambers zu tun zu haben. Obwohl ich eher damit gerechnet habe, er würde mir selbst gefährlich werden.

»Und wie stellen Sie sich das vor? Der Mann ist nicht blöd und wir werden ständig von Kameras umringt sein. Außerdem vertraut er mir nicht«, versuche ich, mich doch noch aus der Sache rauszureden, aber dem Grinsen im Gesicht des Mannes nach zu urteilen, das jetzt noch breiter wird, scheint mir das nicht zu gelingen.

»Ich bin mir sicher, Ihnen wird etwas einfallen. Immerhin verbringen Sie bald viel Zeit miteinander. Gewinnen Sie sein Vertrauen. Und dann verführen Sie ihn. Das müsste doch ein Leichtes für Sie sein.« Er mustert mich lüstern von oben bis unten, fährt meinen ganzen Körper mit seinem Blick ab. Instinktiv verschränke ich die Arme vor meiner Brust, um mich zumindest ein bisschen zu schützen, was diesen Kerl dazu bringt, genervt aufzuseufzen.

»Also gut. Ich sehe schon, Sie sind nicht sonderlich kreativ. Ich werde das in die Hand nehmen und ich Ihnen mitteilen, wann Sie wo zu sein haben. Sie müssen dann nur mit Ihrer Kamera an Ort und Stelle sein«, schließt er seine Ausführungen. Dabei blitzen seine Augen auf, als würde er sich schon darauf freuen, Evan Chambers fallen zu sehen.

Mir ist es zutiefst zuwider, mit einem solchen Menschen gemeinsame Sache zu machen. Im Grunde heißt es, meine Karriere gegen die von Chambers. Würde ich mich darauf einlassen, wäre ich aber nicht besser als diese machtbesessenen

Männer. Ich will gerade meinen Mund öffnen und ihm eine erneute Absage erteilen, da hebt er einen Finger, um mich zum Schweigen zu bringen.

»Wie geht es eigentlich Ihrer Freundin, Ms. Reed? Dieser Visagistin? Mir ist zu Ohren gekommen, sie hat sich für die kommenden Modeschauen beworben. Und Ihr Ex-Freund? Dieser Fotograf, der glaubt, er hätte es geschafft, weil er zu ein paar Partys eingeladen war. Es wäre doch zu schade, wenn sie ebenfalls keinen Fuß mehr in die Tür bekämen, meinen Sie nicht?«

Ich versuche, mir nichts anmerken zu lassen, atme aber langsam tief ein. Das kann doch alles nicht wahr sein. Auf gar keinen Fall kann ich zulassen, dass Paula und Greg wegen mir ihre Träume aufgeben müssen.

»In Ordnung«, sage ich schließlich und fühle mich gar nicht wohl bei der Sache. »Sie bekommen, was Sie wollen.«

»Das freut mich zu hören.« Er reicht mir eine Karte, auf die eine Handynummer gedruckt wurde. Kein Name, keine Anschrift. Ich kann es mir sicher sparen, nach der Nummer zu suchen, um ihn ausfindig zu machen. Also fällt auch die Möglichkeit, damit zur Polizei zu gehen, weg. Dank des Fotos, das ich damals gemacht habe, würde mir Evan Chambers wohl auch nicht glauben, sollte ich versuchen, ihn zu warnen.

»Eins noch, Ms. Reed«, sagt er, als ich schon

dabei bin, ohne ein Abschiedswort die Tür zu schließen. »Ich erwarte mir, dass Sie kein Wort über unsere kleine Vereinbarung verlieren.«

Ich nicke stumm und endlich wendet sich dieser widerwärtige Kerl zum Gehen ab. Nachdem ich die Tür hinter mir geschlossen habe, lehne ich mich dagegen und atme ein paar Mal tief durch, bevor ich zurück zu Paula gehe.

»Wer war das?«, fragt sie, als ich wieder in meinem Schlafzimmer bin.

»Ach, nur so ein irrer Typ, der meinte, mir irgendwas verkaufen zu müssen. Ich hab ihm gar nicht richtig zugehört«, flunkere ich sie an, da ich nicht will, dass sie sich Sorgen macht. Aber meine Begeisterung, vielleicht durch diese Realityshow meine Karriere in Schwung zu bringen, ist dahin. Vor Paula allerdings versuche ich, mir nichts anmerken zu lassen.

Ich widme mich wieder meinem Kleiderschrank und suche gemeinsam mit meiner Freundin meine besten Outfits zusammen, ohne den Mann an der Tür noch einmal zu erwähnen. Als wir fertig sind, schließe ich meinen Koffer und verabschiede mich von meiner besten Freundin. Mein Flieger nach Hawaii geht noch heute Abend.

12

SERAPHINA

Einige Stunden später, genauer gesagt gegen vier Uhr in der Früh, sitze ich auch schon im Flieger nach Hawaii. Eigentlich hatte ich angenommen, hier bereits auf Evan Chambers zu treffen. Schließlich wurden die Flüge sowie unsere Hotelzimmer vom Sender organisiert. Anstatt mir über seinen Verbleib Gedanken zu machen, genieße ich aber lieber noch die Ruhe vor dem Sturm. Die nächste Woche wird anstrengend genug. Ich sollte mich über die unverhoffte Schonfrist freuen. Reichlich Zeit, mich auf das jedoch unausweichliche Zusammentreffen seelisch vorzubereiten, habe ich jedenfalls. Immerhin dauert der Flug gute elf Stunden.

Ich mache es mir in meinem Sitz gemütlich und suche mir, sobald wir in der Luft sind, einen Film aus, der mich davon ablenkt, die ganze Zeit über diesen Chambers und den mysteriösen Mann mit seinem zwielichtigen Auftrag nachzudenken. Im Angebot ist eine romantische Komödie, die mich vermutlich nur noch mehr darüber sinnieren lässt, wie unsere Dates vor der Kamera ablaufen werden. Der Kinderfilm würde wohl kaum die erwünschte Wirkung entfalten, mich so sehr in seinen Bann zu ziehen, dass ich an nichts anderes mehr denke. Deshalb entscheide ich mich für den Thriller, in dem zwar ein Flugzeugabsturz eine nicht unwesentliche Rolle spielt, aber die Wahrscheinlichkeit, mich auf diese Art vor dem Dreh und allem, was damit zusammenhängt, drücken zu können, ist in meinen Augen viel zu gering.

Wie sich herausstellt, war meine Wahl die richtige. Der Film war derart langweilig, dass ich schon nach wenigen Minuten eingeschlafen bin. Die Augen öffne ich erst wieder, als ich an der Schulter angestupst werde. Eine Stewardess macht mich darauf aufmerksam, dass wir bereits gelandet sind. Ich habe also tatsächlich gute elf Stunden am Stück geschlafen. Wenn ich das nächste Mal Durchschlafstörungen habe, sollte ich also unbedingt irgendwohin fliegen.

Ich hole meine Tasche aus dem kleinen Stauraum oberhalb meines Sitzes, verlasse das Flugzeug und begebe mich zur Gepäckausgabe, wo gerade die ersten Koffer unseres Flugs erscheinen. Natürlich kommt meiner mal wieder als letzter, weshalb ich ziemlich abgehetzt in der Ankunftshalle ankomme und nach der Person Ausschau halte, die mich zum Hotel bringen soll. Tatsächlich hält ein adrett gekleideter Chauffeur ein Schild mit meinem Namen darauf in die Höhe. Der Arme. Er muss schon seit einer Ewigkeit hier stehen. Um ihn nicht noch länger warten zu lassen, laufe ich eilig auf ihn zu.

»Guten Tag. Entschuldigen Sie die Verspätung. Ich musste so lange auf meinen Koffer warten«, erkläre ich ihm mit einem schlechten Gewissen, obwohl ich gar nichts dafür kann.

Er lächelt mich an und strahlt dabei eine Ruhe aus, die auch mich durchatmen und etwas entspannen lässt.

»Machen Sie sich keine Sorgen, Ms. Reed. Hatten Sie einen guten Flug?«

»Ja, danke.«

Der Chauffeur greift sich meinen Koffer und begleitet mich hinaus, wo mich sofort die Sonne Hawaiis erwartet. Und eine riesige Limousine. Wow, der Sender lässt sich dieses Abenteuer ganz schön was kosten. Wahrscheinlich hoffen sie darauf, das aneinander Annähern von Evan Chambers und seiner großen Liebe exklusiv verfolgen zu dürfen. Eine solche Sensation würde ihnen natürlich tolle Einschaltquoten bringen. Ob ich ihnen verraten sollte, dass sie sich dafür die falsche Frau ausgesucht haben? Nun, lieber nicht. Immerhin habe ich vor, die Sendung zumindest dafür zu nutzen, um auf meine Arbeit aufmerksam zu machen. Ich wäre auch blöd, würde ich das nicht tun. Selbst wenn ich diesen verfluchten Auftrag bekommen habe.

»Ich fahre Sie direkt zum Hotel. Dort treffen Sie auf Ms. Gates, die Ihnen alles Weitere erklärt.«

»Danke.«

Ich bin schon sehr gespannt, wie wir untergebracht sind, wenn sie mir sogar eine Limousine schicken, um mich vom Flughafen abzuholen. Dabei könnte ich mir durchaus vorstellen, dass ich bei meiner Abreise gerade mal ein Taxi gerufen bekomme, wenn die Show nicht so läuft, wie der Sender sich das vorstellt. Oder herausfindet, dass ich Evan Chambers angeschwärzt habe.

Doch ich beschließe, diesen Ausflug trotzdem, soweit es mir möglich ist, zu genießen. Immerhin hat mir dieser schleimige Typ noch keine weiteren Anweisungen zukommen lassen. Und ich habe nicht vor, mich bereits am ersten Tag unbeliebt zu machen. Denn tatsächlich staune ich nicht schlecht, als der Wagen vor dem wohl luxuriösesten Hotel anhält, das Hawaii zu bieten hat. Ich habe erst vor Kurzem davon gelesen. Es gab eine spektakuläre Eröffnungsfeier mit tollem Staraufgebot. Die größten Ikonen des Filmbusiness waren anwesend. Adam Hartman, Eigentümer der Hartman Group und Besitzer dieses Hotels, hat sich damit nicht nur auf einen Schlag einen Namen hier auf Hawaii gemacht, sondern auch seinem neuesten Projekt zu einem fulminanten Start verholfen. Soweit ich weiß, sind die Zimmer hier bis weit ins nächste Jahr ausgebucht. Ein Wunder also, dass der Sender uns überhaupt in diesem Hotel unterbringen konnte.

Der Chauffeur hält mir die Tür auf und übergibt danach mein Gepäck an einen Angestellten. Ich bedanke mich bei ihm, bevor ich durch die vornehmen Glastüren ins Innere trete und mich in einer modernen und doch noblen Empfangshalle wiederfinde. Völlig überwältigt gehe ich auf die Rezeption zu, wo meine Stimmung urplötzlich umschlägt, als ich Evan Chambers sehe, der sich gerade mit einem gut gekleideten Mann unterhält, der mir bekannt vorkommt.

»Ms. Reed, Sie haben es also auch schon geschafft«, begrüßt er mich mit einem süffisanten Grinsen im Gesicht, das ich ihm am liebsten wegwischen würde. Keine Ahnung, weshalb dieser Mann mich mit einem einzigen Satz derart kratzbürstig machen kann. Dabei jagt mir seine gefährliche Ausstrahlung gleichzeitig eine Gänsehaut über den Körper. Bei ihm weiß ich nie, ob ich mich lieber mit ihm anlegen oder vor ihm davonlaufen möchte. Aufgrund meines Auftrags wahrscheinlich beides.

»Ich dürfte wohl eine spätere Maschine genommen haben als Sie, Mr. Chambers. Wobei Sie offensichtlich auch erst vor Kurzem angekommen sind«, sage ich mit einem Blick auf die Tasche in seiner Hand. Merkwürdig, dass er sein Gepäck nicht ebenfalls abgegeben hat. Wobei es mir ein bisschen wenig erscheint für eine ganze Woche, die wir hier bleiben sollen.

Evan Chambers lacht laut auf und sofort frage ich mich, was ich jetzt schon wieder falsch gemacht habe. Bei diesem Mann weiß ich einfach nie, woran ich gerade bin.

»Ich bin bereits gestern mit meinem Privatjet hergeflogen«, erwidert er amüsiert. Natürlich ist er das. Wie konnte ich auch annehmen, er würde sich dazu herablassen, mit einer normalen Passagiermaschine zu fliegen?

»Ich hoffe, Sie hatten einen guten Flug, Ms. Reed. Ich bin Adam Hartman, mir gehört dieses Hotel. Evan und ich kommen gerade vom Sport. Deshalb auch die Tasche«, klärt mich der Mann neben Chambers mit einem Augenzwinkern auf. Jetzt ist mir auch klar, woher ich ihn kenne. Nun, offensichtlich sind nicht alle reichen Männer unsympathisch.

»Danke, ich habe die meiste Zeit über geschlafen wie ein Baby«, vertraue ich ihm lächelnd an. Evan Chambers ignoriere ich geflissentlich.

»Dann hoffe ich, Sie werden sich hier genauso wohlfühlen.«

»Ganz bestimmt. Das Hotel ist ein Traum.«

»Dann warten Sie erst, bis Sie Ihre Zimmer sehen«, sagt er und ich kann mir kaum vorstellen, wie es noch schöner werden sollte. »Das war dann auch schon mein Stichwort. Ich lasse Sie in Ruhe einchecken und gehe zu meinem nächsten Termin. Meine Frau kann es nicht leiden, wenn ich sie warten lasse«, erklärt er lachend.

Stimmt. Als ich von dem Hotel gelesen habe, wurde auch erwähnt, dass seine Frau wohl ebenfalls ihre Finger im Spiel hat. Zumindest was die Läden betrifft, die es exklusiv in Hotels der Hartman Group gibt.

Als er weg ist, macht sich Evan Chambers mit einem Räuspern bemerkbar. Als hätte ich jemals vergessen können, dass er nach wie vor neben mir steht.

»Was?«, schnauze ich ihn unfreundlich an.

»Adam hat nicht zu viel versprochen. Wir wohnen nicht im Stammhaus, sondern in den exklusiven Villen des Hotels. Direkt nebeneinander. Ich hoffe, Sie haben keine Angst vor mir«, raunt er mir mit seiner tiefen, männlichen Stimme ins Ohr. Doch anstatt eine Antwort von mir abzuwarten, dreht er sich einfach um und lässt mich hier alleine stehen.

In mir spielen die Emotionen verrückt. Wut kämpft mit Angst und meiner Sturheit, ihm endlich mal zu zeigen, dass er lange nicht so unwidersteh-lich ist, wie er anscheinend glaubt. Gleichzeitig habe ich noch immer eine Gänsehaut an der Stelle, an der ich seinen zarten Atem gespürt habe, weil er viel zu nah neben mir stand.

Ich beschließe, all das für den Augenblick einfach zu ignorieren und mir endlich meinen Zimmerschlüssel zu besorgen, um einen Moment alleine sein zu können. Doch der Mann an der Rezeption teilt mir mit, dass Ms. Gates an der Bar auf mich wartet. Die genau in der Richtung liegt, in die Mr. Chambers soeben verschwunden ist. Das sieht ihm ähnlich, mir nicht einmal Bescheid zu geben. Genervt nehme ich meine Zimmerkarte entgegen und mache mich auf den Weg zur Bar. Meine Verschnaufpause muss dann eben noch warten.

13

EVAN

Ich kann mir ein Grinsen nicht verkneifen, als Seraphina mit einem wütenden Funkeln in den Augen die Bar des Hotels betritt und auf uns zukommt. Natürlich hätte ich sie darauf aufmerksam machen können, dass Ms. Gates hier auf uns wartet. Aber wo wäre da der Spaß geblieben?

»Ms. Reed, schön, Sie zu sehen. Haben Sie gut hergefunden?«, springt die Journalistin auf und reicht Seraphina einen Funken zu freundlich die Hand.

Mir ist nicht entgangen, wie sie erneut versucht hat, mit mir zu flirten. Wie zufällig berührte ihr Fuß mein Bein, als wir uns auf den Barhockern gegenübersaßen. Auch ihr übertriebenes Vorbeugen bei jedem Lachen, das mir einen tiefen Einblick in ihren Ausschnitt gewährte, ist ein eindeutiges

Zeichen dafür, dass die nächsten Tage äußerst interessant werden könnten.

»Ja, danke. Leider hat mich Mr. Chambers in dieses Treffen nicht eingeweiht, als ich ihn am Empfang des Hotels getroffen habe«, beantwortet Seraphina die Frage der Journalistin mit einem Lächeln, das wohl nicht mir gilt.

»Das ist auch gleich mein erster Punkt auf der Tagesordnung. Aufgrund der folgenden Drehs halten wir es für das Beste, wenn sich alle beim Vornamen ansprechen. Es ist doch ein bisschen merkwürdig, wenn Sie beide sich daten und sich dabei immer beim Nachnamen nennen, meinen Sie nicht?« Mit einem gekünstelten Lachen sieht sie uns abwechselnd an. Da niemand von uns reagiert, spricht sie einfach weiter.

»Dann mache ich den Anfang. Ich bin Susan«, stellt sie sich unnötigerweise noch einmal vor, und wenn mich nicht alles täuscht, zwinkert sie mich dabei an.

»Ja, gut, wir kennen unsere Namen«, gehe ich unwirsch dazwischen, bevor das hier noch in eine Vorstellungsrunde wie bei einer Selbsthilfegruppe ausartet. »Wie sehen unsere nächsten Tage aus?« Ich habe wenig Lust, hier noch länger herumzusitzen. Ginge es nach mir, könnten wir sofort mit den Drehs beginnen und übermorgen fertig sein. Länger als eine Stunde kann eine Folge dieser Show schließlich nicht dauern. Ob wir die Dates an einem oder mehreren Tagen abdrehen, macht keinen Unterschied. Aber leider denke ich, wird sich der Sender damit nicht zufriedengeben.

»Das erste Date ist für heute Abend geplant. Es soll das erste Kennenlernen zwischen euch beiden zeigen. Wir haben dafür einen Tisch in einem Restaurant reserviert, das genügend Privatsphäre bietet.«

Mit einer hochgezogenen Augenbraue sehe ich Susan an. Ist das ihr Ernst? Privatsphäre? Bei einem Dreh für eine Show, die Millionen Menschen sehen werden? Diese Medienfuzzis leben in ihrer ganz eigenen Realität.

»Wunderbar. Wann sollen wir wo sein?«, fordere ich sie auf, weiterzusprechen.

»Um 19 Uhr in der Lobby. Das Restaurant gehört zum Hotel. Wir müssen die Anlage also nicht verlassen. Das Essen dauert, so lange ihr bleiben wollt. Unsere Leute werden die ganze Zeit über drehen und erst im Nachhinein die besten Szenen für die Ausstrahlung zusammenschneiden.«

Gut, das war zu erwarten. Allerdings erinnert mich diese Aussage daran, wie anstrengend die nächsten Tage wirklich werden. Um bloß nicht falsch rüberzukommen, müssen wir jeden Satz, den wir sagen, zuerst genau überdenken. Kurz unaufmerksam zu sein und etwas Unüberlegtes zu sagen, kann verheerende Auswirkungen haben.

»Und die nächsten Tage?«, stellt Seraphina die Frage, die auch mir auf der Zunge lag.

»Wir haben für jeden Tag ein Programm aufgestellt und begleiten euch von in der Früh bis am Abend. Zumindest fast. Hin und wieder wird es natürlich Pausen geben, in denen ihr machen könnt, was ihr wollt. Damit die Spannung aufrecht erhalten bleibt, erfahrt ihr aber immer erst am Vortag, was am nächsten Tag passieren wird. Wir haben Ausflüge und Restaurants gebucht. Ihr müsst euch selbst also um gar nichts kümmern. Noch irgendwelche Fragen?«

Nicht wirklich. Ich hoffe nur, die Zeit vergeht so schnell wie möglich. Und jetzt hätte ich gerne noch ein paar Stunden Zeit für mich, bevor dieser Drehwahnsinn losgeht.

»Ja, ich hätte eine«, höre ich Seraphinas Stimme jedoch sagen. Sie sieht zwischen mir und der Journalistin hin und her und ich habe den Eindruck, als wäre ihr die Frage, die sie stellen will, peinlich. »In welches der Restaurants gehen wir heute? Ich möchte nur wissen, was ich anziehen soll«, sagt sie schließlich und ich wundere mich, weshalb sie bei dieser Frage rot wird.

»Nicht zu leger, aber auch nicht zu fein hergerichtet. Zieh dir einfach an, worin du dich wohlfühlst«, versucht Susan sie zu beruhigen und ich muss mich sehr zurückhalten, nicht die Augen zu verdrehen. Mit einer solchen Aussage könnte selbst ich nichts anfangen.

Seraphina nickt leicht gequält, da sie, wie erwartet, offenbar nicht schlauer ist als zuvor. Ich nehme mir vor, ihr einen Tipp zu geben, sobald die Journalistin uns verlassen hat. Nicht, weil ich plötzlich Sympathie für sie empfinde, sondern weil ich vermute, dass Susan Seraphina extra ins offene Messer laufen lassen möchte. Außerdem hat Max mir doch geraten, vorzugeben, mich in sie zu verlieben. Ich sollte also zumindest nett zu ihr sein.

»Da wir das nun geklärt haben, werde ich mich fürs Erste verabschieden. Wir sehen uns heute Abend wieder«, sagt Susan da auch schon und reicht uns beiden noch einmal zum Abschied die Hand. Meine hält sie dabei eine Spur zu lange.

Als sie weg ist, lehne ich mich zu Seraphina hinüber.

»Ich würde ein elegantes Kleid vorschlagen. Etwas sommerlicher, als du es anhattest, als du dich auf meine Party geschlichen hast«, raune ich ihr ins Ohr. Der Versuchung des kleinen Seitenhiebs konnte ich einfach nicht widerstehen. Misstrauisch sieht sie mich an.

»Wieso hilfst du mir?«

»Weil ich Susan die Genugtuung, dich in dem falschen Outfit zu filmen, nicht geben will«, beantworte ich ihre Frage und zucke mit den Schultern.

»Danke. Ich wollte dir auch noch etwas sagen.«

Schon wieder breitet sich diese zarte Röte auf ihren Wangen aus und ich bin gespannt, was sie mir mitteilen möchte. Aufmerksam sehe ich sie an. »Das mit den Fotos, die ich damals von dir gemacht habe, war nicht meine Absicht. Also, schon. Aber ich wollte dir damit nicht schaden. Ich habe einfach nicht darüber nachgedacht«, stottert sie vor sich hin, während ich die neuerlich aufkeimende Wut unterdrücken muss. Denkt sie allen Ernstes, ich würde ihr das abnehmen? Zwar muss ich zugeben, dass sie ehrlich wirkt, aber sie wäre nicht die erste Frau in meinem Leben, die gut schauspielern kann, um ihren Willen zu bekommen.

»Schon in Ordnung«, sage ich trotzdem ruhig und besinne mich noch einmal auf die Worte meines Geschäftspartners. Das ist alles für die Firma. Seraphina sieht mich überrascht, aber gleichzeitig erleichtert an. Auch wenn ich sie nun ein Stück weiter dort habe, wo ich sie haben will, kann ich mir eine Rüge einfach nicht verkneifen. »Nicht was du getan hast«, schwäche ich meine Aussage also ab. »Das war zutiefst egoistisch. Du hast diese Fotos veröffentlicht, ohne auch nur eine Sekunde darüber nachzudenken, was du damit anrichten könntest. Und glaube mir, du hast mir mein Leben ganz schön schwer gemacht. Aber ich denke, es macht keinen Sinn, wenn wir uns vor laufender Kamera bekriegen. Deshalb schlage ich einen Waffenstillstand vor. Zumindest für die Zeit der Dreharbeiten. Immerhin machst du hier auch nur mit, um deine Karriere voranzutreiben, oder liege ich damit falsch?«

Vielleicht hätte ich mir den letzten Satz verkneifen und sie nicht auch noch wissen lassen sollen, dass ich sie durchschaut habe. Aber so wirkt es zumindest ehrlicher. Anstatt mir zu antworten, sieht Seraphina mich betreten an, was für mich Zustimmung genug ist.

»Eben. Ich vertraue dir nicht, Seraphina. Noch nicht«, verbessere ich mich, um ihr zu signalisieren, dass mir daran gelegen wäre, diesen Umstand zu ändern. »Aber auch ich will das hier so gut wie möglich über die Bühne bringen. Einverstanden?«

»Einverstanden. Auch wenn es nicht meine Absicht war, dir das Leben schwer zu machen. Ich bin eigentlich nicht so. Ich weiß, das hört sich nach einer schlechten Ausrede an. Aber ich habe seitdem nie wieder ein derartiges Foto verkauft.«

Das erklärt, weshalb ich in den Zeitungen nichts mehr von ihr gesehen habe. Es macht aber trotzdem nicht rückgängig, was sie getan hat. Da ich nicht recht weiß, wie ich darauf reagieren soll, nicke ich einfach nur. Ich möchte mir jetzt nicht den Kopf darüber zerbrechen, ob Seraphina die Wahrheit sagt, oder nicht. Ich werde vorsichtig bleiben. Und sie gleichzeitig in meine Falle locken. Denn diesmal werde ich einen Vorteil aus unserer erneuten Begegnung ziehen.

»Wenn du mich jetzt entschuldigst. Ich hätte gerne noch etwas Zeit für mich, bevor mein Leben dem Sender gehört«, sage ich mit einem gequälten Gesichtsausdruck zu ihr und mache mich auf den Weg nach Hause.

14

SERAPHINA

Ich schaue Evan nach, der gerade in Richtung Ausgang verschwindet. Nach seinem arroganten Auftritt am Empfang hat er mich dann doch mit seinem Tipp wegen des Kleides und dem vorgeschlagenen Waffenstillstand, zumindest für die Zeit der Dreharbeiten, überrascht.

Wobei ich mir fast sicher bin, dass er aus rein egoistischen Gründen gehandelt hat. Einem Mann wie Evan Chambers traue ich es nicht zu, plötzlich einen Anfall purer Nettigkeit zu haben. Vermutlich wollte er sich nur selbst eine peinliche Situation ersparen, wenn sein Date, also ich, in vollkommen unangemessenem Outfit erschienen wäre. Und der Waffenstillstand? Nun, über den würde ich mich mehr freuen, hätte ich nicht diesen idiotischen Auftrag zu erledigen, von dem Paulas, Gregs und meine Karriere abhängt. Und der könnte schwerer werden als angenommen, wenn Evan mir schon jetzt mitteilt, sich möglichst fern von mir zu halten. Aber gut, er hat schließlich auch allen Grund, mir zu misstrauen.

Als Evan aus meinem Sichtfeld verschwunden ist, schüttle ich die leidigen Gedanken ab und setze mich ebenfalls in Bewegung. Da tatsächlich heute schon das erste Date stattfinden wird, beschließe ich, in meinem Zimmer noch ein ausgiebiges Schaumbad zu nehmen, um mich etwas zu entspannen.

Doch dafür muss ich zuerst durch die prachtvolle Gartenanlage des Hotels und staune zum zweiten Mal am heutigen Tag nicht schlecht. Die Hartman Group hat sich tatsächlich alle Mühe gegeben, dieses Resort zu einem einzigartigen Erlebnis mit viel Privatsphäre zu machen. Zumindest ist die Anlage so weitläufig, dass sich die Gäste gut aus dem Weg gehen können. Überall sind kleine Bereiche gestaltet worden, die man zu zweit oder alleine nutzen kann. Wie der Whirlpool zum Beispiel, der durch einen Holzzaun vor fremden Blicken schützt, aber einen wunderbaren Blick auf das Meer bietet. Ich bin tatsächlich im Paradies angekommen. Dafür haben sich die elf Stunden Flug redlich ausgezahlt.

Nach einem kurzen Spaziergang komme ich auch schon vor meinem Zimmer, das tatsächlich eine kleine Villa ist, an. Ich bin beeindruckt. Hier könnte ich durchaus länger bleiben. Alleine das Wohnzimmer ist größer als meine gesamte Wohnung. Und das Badezimmer ist ein Traum. Mit frei stehender Badewanne und ebenerdiger Dusche, von denen man einen perfekten Blick auf das Meer hat.

Ich räume schnell meinen Koffer aus und verstaue meine Klamotten in dem riesigen Schrankraum, in den zwei zusätzliche Betten passen würden. Das Outfit für den heutigen Abend lege ich mir gleich zurecht. Danach lasse ich mir eine Wanne ein und benutze dafür den Badeschaum, der vom Hotel zur Verfügung gestellt wird. Er riecht fantastisch nach Blumen. Passend für diese Insel. Als die Wanne voll ist, versinke ich genüsslich in dem warmen Nass und atme ein paar Mal tief durch. Ich könnte ewig hier liegen und meinen Tagträumen nachhängen.

Doch irgendwann erinnert mich der Wecker meines Handys, den ich mir geistesgegenwärtig gestellt habe, daran, dass es Zeit wird, mich fertig zu machen. Bedauernd verlasse ich die warme Wanne, trockne mich ab und schlüpfe in einen der beiden kuscheligen Bademäntel, die für mich bereit liegen.

Als ich mich an den Schminktisch setze, der sich im Schlafzimmer befindet, und in den Spiegel sehe, wünsche ich mir, Paula wäre hier. Als gelernte Visagistin könnte sie mir jetzt durchaus eine Hilfe sein. So muss ich eben alleine klarkommen. Ich gebe mir auch alle Mühe, das Make-up, das sie mir für die Party in Evans Haus verpasst hat, nachzumachen. Das Ergebnis ist zwar nicht ganz so raffiniert, kann sich aber durchaus sehen lassen.

Spontan entscheide ich mich dazu, unter dem eleganten, aber doch etwas verspielten Sommerkleid in Himbeerrot mit blauen Einschlüssen, das ich für heute ausgewählt habe, farblich passende Dessous zu tragen. Es heißt schließlich nicht umsonst, dass selbst die Unterwäsche für mehr Selbstbewusstsein sorgen kann. Als ich fertig bin und mich im Spiegel betrachte, bin ich durchaus zufrieden. Und ja, ich fühle mich verdammt sexy. Evan Chambers, du solltest dich warm anziehen.

Pünktlich verlasse ich die Villa, um wie verabredet in die Lobby des Hotels zu gehen. Doch als ich mich umdrehe, steht plötzlich Chambers vor mir. In einem blauen Anzug, der perfekt zu meinem Outfit passt. Also hätten wir uns abgesprochen. Auch ihm dürfte dieser Umstand auffallen, denn er sieht mich zuerst geschockt an, wechselt dann aber zu einem anzüglichen Grinsen.

»Gute Wahl«, sagt er und reicht mir sogleich seinen Arm, damit ich mich bei ihm unterhaken kann. So viel Höflichkeit hätte ich ihm gar nicht zugetraut. Aber an irgendetwas muss es wohl liegen, dass die Frauen bei ihm reihenweise schwach werden. Obwohl sein Äußeres dazu sicher auch zu einem bestimmten Grad verantwortlich ist. Ich nehme sein Angebot an und schon wieder überkommt mich diese blöde Gänsehaut am ganzen Körper.

»Fast hatte ich erwartet, die Kameraleute direkt vor der Haustür zu treffen. Ein Glück, dass wir noch etwas Schonzeit haben«, sage ich zu Evan, als wir uns nun gemeinsam auf den Weg machen.

»Wer weiß, wahrscheinlich haben sie hier überall Kameras installiert. Zuzutrauen wäre es ihnen«, antwortet er trocken, woraufhin ich mich verstohlen umsehe. Natürlich entdecke ich keine Kamera. Was aber noch lange nichts heißen muss. Zur Sicherheit nehme ich mir vor, mich ab jetzt einfach immer so zu verhalten, als würden wir gefilmt werden.

15

EVAN

Als ich Seraphina vor ihrer Villa gesehen habe, musste ich mich zusammenreißen, um nicht auf der Stelle hart zu werden. Sie hat zwar schon auf meiner Party umwerfend ausgesehen, aber ihr selbstbewusstes Auftreten heute macht sie einfach unwiderstehlich. Nun, zumindest fast. Noch bin ich Herr meiner Sinne. Obwohl ich mir ihres warmen Körpers neben mir nur allzu bewusst bin. Aber immer noch besser, sie neben mir zu wissen, als vielleicht einen Blick auf ihr Hinterteil werfen zu können. Ihr meinen Arm anzubieten, war also teilweise auch Selbstschutz und nicht reine Höflichkeit.

Auf dem Weg zur Lobby reden wir nicht viel. Was mir nur recht ist. Meine Stimme könnte mich sonst leicht verraten. Als wir ankommen, erwartet uns Susan und empfängt uns wie immer überschwänglich.

»Pünktlich auf die Minute. So mag ich meine Stars.«

Nun, ich mag ihre aufgesetzte Art nicht sonderlich, lasse mir aber nichts anmerken.

»Ich hoffe, ihr mögt Italienisch. Ich weiß, das ist nicht gerade das typische Essen hier auf Hawaii. Aber wir müssen uns schließlich nicht gleich am ersten Tag zu weit vor wagen, oder nicht?« Sie lacht über ihren eigenen Witz, den wohl nur sie lustig findet.

»Ich liebe italienisches Essen«, erwidert Seraphina und schenkt ihr zumindest ein Lächeln. Ich hingegen enthalte mich meiner Stimme.

Zum Glück führt Susan uns dann auch schon zum Restaurant und zeigt uns unseren Tisch.

»Setzt euch schon mal und bestellt euch etwas zu essen. Wir bauen einstweilen die Kameras auf«, lässt sie uns wissen und verschwindet dann zu meiner Erleichterung auch schon.

»Ich mag übrigens auch italienisches Essen«, raune ich Seraphina zu, die mich erstaunt ansieht.

Nun, es kann nicht schaden, zumindest unverfängliche Details über mich preiszugeben. Eine Woche lang nichts zu sagen, würde die Show vermutlich ein klein wenig langweilig werden lassen.

Während Susan bemüht ist, ihr Kamerateam richtig zu positionieren, geben wir bereits unsere Bestellung auf. Ich ordere eine Flasche Rotwein für uns beide und entscheide mich für unkomplizierte Spaghetti Bolognese als Hauptspeise. In meinen Kreisen kommt man nur sehr selten zu solch einfachen Gerichten, die ich aber tatsächlich sehr gerne mag. Viel lieber als Räucherlachs und Kaviar, um ehrlich zu sein. Seraphina wirft mir einen verwunderten Blick zu, doch schon im nächsten Moment macht sich ein Lächeln auf ihrem Gesicht breit.

»Wenn das so ist, hätte ich bitte ebenfalls gerne Spaghetti Bolognese«, sagt sie zu dem Kellner. Als er uns alleine gelassen hat, wendet sie sich interessiert, aber mit einem Schmunzeln mir zu. »Also kein ausgefallenes Millionärsessen?«

Ich weiß natürlich, worauf sie hinaus will, stelle mich aber dumm.

»Millionärsessen?«, frage ich sie herausfordernd.

»Nun ja, irgendetwas Ausgefallenes. Hauptsache, es ist teuer genug, um einem reichen Mann würdig zu sein. Wieso sonst gibt es bei den meisten Anlässen wohlhabender Leute Essen, das normale Menschen nur mit Ach und Krach herunterwürgen könnten?«

Ich lache laut auf. Ja, das beschreibt die Situation ganz gut.

»Denkst du über alle Reichen so schlecht, oder nur über mich?«, frage ich sie stattdessen, was sie für einen Moment stutzen lässt.

»Ausnahmen bestätigen die Regeln. Adam Hartman zum Beispiel schien mir ganz nett zu sein«, entgegnet sie schließlich und ich sehe ihr an, dass sie mich damit provozieren will. Allerdings auf die gute Art. Ich hätte nicht gedacht, dass ausgerechnet Seraphina Reed die erste Frau seit langer Zeit ist, die mir nicht nur Honig ums Maul schmiert. Sie ist dabei sogar noch charmant. Damit war nun wirklich nicht zu rechnen. Unter normalen Umständen wäre mein Jagdtrieb geweckt. Aber bei ihr muss ich vorsichtig sein. Bevor ich antworten kann, kommt Susan auf uns zu.

»Wir sind jetzt so weit«, sagt sie und deutet auf die Kameras, die um uns herum aufgebaut wurden. Dahin ist die gute Stimmung. Zumindest werde ich einen Teufel tun und mich dabei filmen lassen, wie ich Persönliches über mich preisgebe. Ich nicke der Journalistin zu und wende mich wieder an mein Date.

»Erzähl mir etwas über dich«, fordere ich sie auf, um zu vermeiden, das Gespräch auf mich zu lenken.

»Was möchtest du wissen? Oder besser gesagt: Was weißt du noch nicht über mich? Ich bin mir sicher, du hast mich überprüfen lassen.«

Sie spricht damit den Vorfall von damals an, erwähnt ihn zum Glück aber nicht. Für unsere Zuseher wird es so aussehen, als überprüfe ich jedes meiner Dates, bevor ich mich auf ein Treffen einlasse. Nun, damit kann ich leben. Außerdem entspricht es zum größten Teil der Wahrheit. Ich bin vorsichtig. Und ja, natürlich habe ich mir auch alles an Infos geholt, die ich über Seraphina Reed bekommen konnte.

Als wir zum ersten Mal aufeinander trafen, hatte sie ihre Ausbildung abgeschlossen und war wild entschlossen, den großen Durchbruch zu schaffen, der, wie es aussieht, bis heute ausgeblieben ist. Ihre Eltern gehören der Mittelschicht an, weshalb Seraphina arbeiten gehen musste, um ihren Abschluss mitfinanzieren zu können. Sie dürfte heute also gerade mal so über die Runden kommen. Ich weiß auch über ihre beste Freundin Bescheid, die als Visagistin arbeitet. Den Freund, den sie damals hatte, dürfte es allerdings nicht mehr geben. Sonst wären wir heute vermutlich nicht hier. Außer natürlich, sie hätte sich ihrer Karriere zuliebe trotzdem auf diese Show eingelassen.

»Gibt es einen Mann in deinem Leben?«, frage ich sie deshalb geradeheraus. Seraphinas Augenbrauen schießen in die Höhe und sie sieht mich überrascht an.

»Denkst du wirklich, dann würde ich jetzt hier sitzen?«

Die Empörung ist ihr anzuhören. Und ich weiß genau, was sie eigentlich sagen wollte. Sie hat sich bei mir entschuldigt und trotzdem glaube ich nach wie vor, dass sie einzig und alleine wegen ihrer Karriere hier ist. Nun, sie macht das jedenfalls nicht, weil sie tatsächlich glaubt, aus uns könnte etwas werden. Also was sollte ich sonst denken?

»Das beantwortet meine Frage nicht«, provoziere ich sie noch weiter.

»Nein. Es gibt keinen Mann in meinem Leben. Wenn du es genau wissen willst, bin ich seit ein paar Monaten Single«, funkelt sie mich an, behält aber nach wie vor ihr Lächeln im Gesicht. Wir beide sind uns der Kameras um uns herum nur allzu bewusst.

»Wieso habt ihr euch getrennt?« Ich weiß nicht, weshalb ich nach wie vor bei diesem Thema bleibe und sie nicht einfach etwas Unverfänglicheres frage. Nach ihren Hobbys zum Beispiel. Aber irgendwie macht mir der Schlagabtausch mit ihr Spaß.

»Kommst du immer schon beim ersten Date auf Verflossene zu sprechen?«, weicht sie meiner Frage wie erwartet aus.

»Beantwortest du Fragen immer mit einer Gegenfrage?«, erwidere ich und bemühe mich dabei um einen möglichst unschuldigen Gesichtsausdruck.

Seraphina schenkt mir einen stechenden Blick. Sie scheint mit sich zu ringen, ob sie mir meine Frage beantworten soll. Schließlich seufzt sie auf und beginnt zu reden.

»Also gut. Er hat mich betrogen, ich habe es herausgefunden und Schluss gemacht. Ende der Geschichte. Jetzt bist du dran, etwas von dir zu erzählen. Stimmt es, dass du noch nie ein zweites Date mit der gleichen Frau hattest?«

Okay, ich hätte damit rechnen sollen, dass sie zurückschießt, wenn ich dieses Spiel beginne. Allerdings hat sie gerade meinen wunden Punkt getroffen. Diese Show, die für mich zuerst nur ein neues Abenteuer sein sollte, ist inzwischen dafür gedacht, meinen Ruf reinzuwaschen, indem ich vorgebe, tatsächlich an mehr als nur Sex interessiert zu sein. Antworte ich jetzt wahrheitsgemäß, lässt mich das in einem noch schlechteren Licht dastehen als zuvor. Deshalb entscheide ich mich für ein Ablenkungsmanöver.

»Wenn man es genau nimmt, ist das unser zweites Date. Also nein. Das ist nicht korrekt.«

Seraphina runzelt die Stirn.

»Und wann genau soll dann unser erstes Date gewesen sein?«

Auf diese Frage habe ich gehofft. Sie lenkt sie zumindest davon ab, was sie ursprünglich wissen wollte. Perfekt.

»Auf meiner Party«, erwidere ich schlicht und nehme einen Schluck des Rotweins, den uns der Kellner zwischenzeitlich an den Tisch gebracht hat.

»Das war doch kein Date«, entrüstet sich Seraphina.

»Du hattest ein bezauberndes Kleid an, es gab Champagner, wir haben miteinander geplaudert ... Wenn das kein Date war, weiß ich auch nicht.« Ich zucke mit den Schultern, obwohl natürlich auch mir klar ist, dass zu einem Date etwas mehr gehört. Aber diese wirre Geschichte hat mich zumindest vor einer ehrlichen Antwort bewahrt. Und ich musste nicht lügen.

»Normalerweise wird man zu einem Date eingeladen«, weist sie mich auf das Offensichtliche hin. Denn wir beide wissen, wie unerwünscht Seraphina tatsächlich auf besagter Party war.

»Unwichtige Details. Außerdem wurdest du dort als meine große Liebe enttarnt. Das ist ganz schön viel für ein erstes Date«, grinse ich sie an und genieße es zu sehen, wie ihre Wangen rot werden. Diese Frau hat was. Wäre sie nicht derart gefährlich, würde ich sie von ihr wegschleifen und in meiner Suite über sie herfallen. Alleine der Gedanke daran, ihr die Träger des Kleids über die Schultern zu schieben, lässt meine Hose eng werden.

»Was hast du für Hobbys?«, räuspere ich mich und hoffe, die Vorfreude meines Schwanzes damit im Keim ersticken zu können.

Überrascht über den abrupten Themenwechsel sieht Seraphina mich so intensiv an, dass ich befürchte, den Rest des Abends nicht aufstehen zu können, wenn ich nicht möchte, dass die Kameras die Beule in meinem Schritt einfangen.

Den restlichen Abend über unterhalten wir uns über dies und das. Ich bin ehrlich überrascht, dass so gar keine peinlichen Gesprächspausen entstehen. Im Gegenteil entpuppt sich mein Date als recht interessante Persönlichkeit. Mit fragwürdigen Entscheidungen, was ihre Vergangenheit angeht, versteht sich. Aber ja, ich muss zugeben, die Stunden mit ihr sind amüsanter als alles, was ich in den letzten Monaten erlebt habe. Nur den Gedanken, sie könnte die erste Frau sein, die auch in meinem Schlafzimmer nicht ohne Widerworte alles mit sich machen lässt, muss ich immer wieder beiseiteschieben, da ich sonst Gefahr laufe, das Denken meinem Schwanz zu überlassen. Und das wäre ganz und gar nicht gut.

16

SERAPHINA

Als ich an diesem Morgen von Sonnenstrahlen und Meeresrauschen geweckt werde, fühle ich mich trotz der Zeitumstellung richtig ausgeschlafen. Und ja, ich muss zugeben, ich freue mich schon auf mein nächstes Date mit Evan. Nicht unbedingt wegen ihm, obwohl er sich beim gestrigen Abendessen als durchaus charmanter Gesprächspartner erwiesen hat. Hauptsächlich aber bin ich schon sehr auf unseren heutigen Ausflug gespannt. Susan hat uns nach unserem gestrigen Date noch mitgeteilt, dass es in den Volcanoes-Nationalpark geht, wo wir nicht nur aktive Vulkane, sondern auch Wasserfälle und Schildkröten sehen werden. Ich weiß, diese Tiere gibt es nicht nur hier. Aber ich habe nun mal noch nie Wasserschildkröten gesehen und freue mich wie ein kleines Kind darauf.

Nach dem Frühstück geht es bereits los, weshalb ich mich nach dem Duschen gleich in mein Wanderoutfit schmeiße. Zum Glück habe ich mich beim Packen meines Koffers irgendwann doch noch darauf besonnen, wohin ich reise und was ich auf Hawaii tatsächlich brauchen kann. Also habe ich ein paar der Kleider gegen nützlichere Klamotten getauscht. Immerhin geht es nicht ausschließlich darum, im Fernsehen gut auszusehen. Außerdem würde ein elegantes Kleid bei einem Wanderausflug auch eher peinlich als schick wirken.

Im Restaurant angekommen, ist von Evan noch nichts zu sehen. Wer weiß, vielleicht hat er mehr mit der Zeitverschiebung zu kämpfen und verzichtet zugunsten einer weiteren Stunde Schlaf auf sein Frühstück. Ich jedenfalls werde die üppige Auswahl genießen und schaufle neben massenhaft Obst, noch Joghurt, Brötchen und Croissants auf meinen Teller. Zu meiner Verteidigung sei gesagt, dass wir einen Ganztagsausflug vor uns haben, auf dem wir uns körperlich betätigen und keine Ahnung haben, wann wir wieder etwas Essbares zwischen die Zähne bekommen. Und ich gebe gerne zu, dass ich nicht zu jenen Frauen gehöre, die sich mit einem Salatblatt am Tag zufriedengeben. Da würde mein Bauch rebellieren, und ich vermutlich nach kürzester Zeit umkippen.

Erst als ich nach einer guten Stunde mit dem Essen fertig bin und mich auf den Weg in die Lobby mache, wo unser Treffpunkt für die Abfahrt ist, sehe ich Evan durch den Haupteingang ins Hotel kommen. Meine Schritte verlangsamen sich und ich muss aufpassen, meinen Mund nicht offen stehen zu lassen. Sonst könnte mir noch Sabber heruntertropfen. Obwohl ich natürlich bereits weiß, dass Evan Chambers ein attraktiver Mann ist, habe ich ihn so noch nie zuvor gesehen. Zum ersten Mal trägt er keinen Anzug, sondern eine locker sitzende, kurze Hose und ein einfaches Shirt. Seine Haare sind nicht mit Wachs in Form gebracht, sondern machen ihn durch diesen Out-of-Bed-Look noch unwiderstehlicher. Obwohl er nicht mehr aussieht wie der millionenschwere Unternehmer, der er ist, strahlt er trotzdem etwas aus, das einem auf den ersten Blick verrät, dass dieser Mann ein unerschütterliches Selbstbewusstsein hat. Ich kann es nicht genau beschreiben, aber er schreit geradezu nach Macht, Gefahr und ... Sex.

»Guten Morgen. Hattest du eine angenehme Nacht?«, begrüßt Evan mich mit einem Lächeln, das mir endgültig den Rest gibt. Ich muss mich ganz schon zusammenreißen, um ihm überhaupt antworten zu können.

»Ähm ... Ja. Ich ...«, stammle ich vor mich hin und werde von Susan unterbrochen, bevor ich diese peinliche Situation mit einem eloquenten und vor allem vollständigen Satz retten kann.

»Da seid ihr ja. Wie immer pünktlich. Sehr

schön. Ich hoffe, das bleibt so«, zwinkert sie mehr in Evans Richtung als in meine. Sie dürfte jedenfalls durch sein heutiges Auftreten nicht so eingeschüchtert sein wie ich. Die Glückliche.

Da keiner von uns beiden etwas auf ihre Aussage erwidert, spricht sie einfach weiter.

»Wir werden jetzt zum hoteleigenen Flugplatz gefahren. Anschließend brauchen wir rund eine Stunde, bis wir auf der anderen Insel ankommen. Vom Flughafen aus fahren wir dann direkt zu unserem Ziel, wo auch die Dreharbeiten starten werden. Aufgrund der doch recht aufwendigen An- und Abreise werden wir den ganzen Tag dort verbringen.«

Okay, das sind jetzt keine Neuigkeiten. Darüber hat sie uns bereits gestern informiert. Langsam überkommt mich der Verdacht, Susan hört sich einfach selbst gerne reden.

»Können wir dann los?«, fragt Evan ungeduldig. Scheinbar findet er dieses Herumgerede auch etwas unnötig.

»Natürlich. Gehen wir«, erwidert Susan leicht pikiert und stolziert uns voran in Richtung Ausgang.

Der hawaiianische Nationalpark lässt mich die Kameras sofort vergessen. Unser erstes Ziel hier ist bereits der bekannteste und aktivste Vulkan von Hawaii. Der Kilauea. Natürlich müssen wir in sicherer Entfernung bleiben, können von unserem Standort aus aber die ständig brodelnde Lava beobachten. Die flammende Flüssigkeit ergießt sich über bereits erstarrte Lava, bevor sie zischend und rauchend in den Pazifik eintaucht.

»Wow«, entfährt es Evan, was meine Aufmerksamkeit von dem Spektakel vor uns auf ihn lenkt. Neugierig sehe ich ihn an.

»Warst du noch nie auf Hawaii?«, frage ich ihn und er schüttelt den Kopf. Was mich ehrlich wundert. Evan Chambers eilt nicht nur sein Ruf als Playboy voraus, sondern auch sein Hang zu Extremsportarten und, sagen wir, ausgefallenen Erlebnissen. Gerade für einen Mann wie ihn ist dieses Fleckchen Erde wie gemacht.

»Wieso nicht?«, frage ich ihn deshalb interessiert, woraufhin er seinen Blick von der Vulkanlandschaft abwendet und mich intensiv ansieht. Sofort überkommt mich wieder diese mittlerweile wohlbekannte Gänsehaut.

»Ich reise an sich nicht viel privat. Mein Leben gehört meiner Firma«, antwortet er, als wäre es das Normalste der Welt.

Obwohl ich mehr dahinter vermute als nur die Tatsache, dass er eben CEO eines Weltkonzerns ist, hake ich nicht nach. Vor den Kameras würde er ohnehin nicht tiefer darauf eingehen. Geschweige denn mir sein Innenleben offenbaren. Und irgendwie habe ich das Gefühl, dass er das tun müsste, um mir diese einfachen zwei Sätze hinreichend erklären zu können. Vielleicht habe ich mich doch in ihm getäuscht und er ist mehr als nur ein arroganter Kotzbrocken.

»Unser nächster Stopp ist die Thurston Lava Tube. Vor Hunderten von Jahren durch einen Lavastrom geformt, gehört die Lavahöhle heute zu den wichtigsten Sehenswürdigkeiten hier im Park«, erklärt uns der Tourenführer, der uns an diesem Tag exklusiv zur Verfügung steht, nachdem wir den Hauptkrater vollständig umfahren haben.

Tatsächlich hat er nicht zu viel versprochen. Die Höhle zeugt von den deutlichen Kontrasten, die in diesem Park aufwarten. Selbst besteht sie aus einem Haufen erstarrter Lava, ist an ihren Eingängen aber von einem üppig grünen Regenwald umringt, der mit seinen tropischen Pflanzen genauso beeindruckend ist wie die Vulkanlandschaft zuvor.

Evan und ich kommen beide aus dem Staunen nicht mehr raus und deuten immer wieder in unterschiedliche Richtungen, um den jeweils anderen auf irgendetwas aufmerksam zu machen, das wir schon wieder entdeckt haben. Dabei ist wohl jeder Zentimeter dieses Parks es wert, genauer hinzusehen.

Zwar sind unsere Gespräche an diesem Tag nicht sonderlich tiefsinnig. Das werden sie vor den Kameras wohl auch nicht werden. Aber trotzdem kommen wir uns auf eine Art und Weise näher, die ich nie für möglich gehalten hätte. Offenbar lernt man einen Menschen auch kennen, wenn man einfach nur neue Dinge mit ihm zusammen entdeckt. Dieser Ausflug zeigt mir recht deutlich, dass mehr hinter Evan Chambers steckt, als er der Öffentlichkeit zeigen möchte. Und jedenfalls mehr als die Medien über ihn verbreiten. Seine funkelnden Augen, wenn er die Sehenswürdigkeiten dieses Parks betrachtet, erinnern an die eines Kindes, das mit Abenteuerlust die Welt erkundet.

Als wir durch den riesigen Regenwald spazieren, zeigt sich auch noch seine zuvorkommende Seite, indem er mich auf Wurzeln und Steine hinweist, über die ich stolpern könnte. Während wir so friedlich nebeneinander her spazieren, gerate ich plötzlich tatsächlich ins Wanken und lande sanft in Evans Armen. Ein heißer Schauer durchläuft meinen Körper, als ich ihm so nahe bin, und mein Unterleib zieht sich vergnügt zusammen. Doch als ich wieder auf eigenen Beinen stehe, lässt er mich genauso schnell los und hinterlässt ein zartes Kribbeln, wo er mich zuvor noch berührt hat.

Ich räuspere mich, um mir nicht anmerken zu lassen, wie scharf ich in diesem Moment auf ihn bin.

»Danke«, sage ich und beeile mich, unserem Guide zu folgen, da die Situation sonst nur noch merkwürdiger werden würde.

Nach dieser Wanderung ist unser Ausflug leider auch schon beendet, da wir noch rechtzeitig vor Einbruch der Dunkelheit zurück im Hotel sein sollen. Was äußerst schade ist, da man hier eine richtig tolle Sicht auf die Sterne haben soll.

»Vielleicht kommen wir die Woche noch mal hierher«, raunt Evan mir ins Ohr und überrascht mich damit einmal mehr mit seiner einfühlsamen Art, die ich ihm bis vor wenigen Stunden nicht zugetraut hätte. Dass er in meinem Gesicht schon so gut lesen kann, um meinen sehnsuchtsvollen Blick richtig zu deuten, besorgt mich in diesem Moment aber mehr, als es mich erfreut. Ich habe den unheilvollen Auftrag, den ich hier erledigen soll, nicht vergessen. Er macht es mir aber immer schwieriger, ihn auch umsetzen zu wollen.

17

EVAN

Dieser verfluchte Fernsehsender hatte schon einen guten Grund, uns ausgerechnet hierher auf diese Insel zu verfrachten. Strand, Meer, Palmen und eine Menge nackter Haut verleiten geradezu zu erotischen Abenteuern. Und Seraphina Reed entpuppt sich immer mehr als tatsächlich nette Gesellschaft, von der ich aus irgendeinem Grund nicht genug bekommen kann. Sie verleitet mich dazu, Dinge zu tun und zu sagen, die ich eigentlich vermeiden wollte. Noch dazu vor laufenden Kameras. Ich kann nur hoffen, dass die Szenen, in denen ich ihr lüsterne Blicke zuwerfe, oder mich, ohne es wirklich zu wollen, ihr gegenüber öffne, den Weg ins Fernsehen nie schaffen. Was leider unwahrscheinlich ist.

Heute drehen wir zu allem Übel auch noch in einer einsamen Bucht. Obwohl ich mir nicht sicher bin, ob sie immer so verlassen ist oder extra für den Dreh abgesperrt wurde. Wir befinden uns also in der kitschigsten Location, die man sich nur vorstellen kann. Weißer Sandstrand, umgeben von Palmen, mit dem Blick auf das türkisfarbene Meer. Mittendrin Seraphina in einem Bikini, der kaum noch Raum für Spekulationen lässt. Schon bei ihrem Anblick kostet es mich alle Mühe, keinen Ständer zu bekommen.

»Wollen wir surfen gehen?«, schlage ich vor. Einerseits, damit ich ihren Körper nicht mehr ständig vor Augen habe und andererseits, um eine mögliche Erektion halbwegs verbergen zu können.

»Ja, gerne. Wenn du mir zeigst, wie es geht«, antwortet Seraphina und macht damit all meine Hoffnungen zunichte. Ihr noch näher zu kommen als jetzt, war nicht mein Ziel. Nun muss ich mich diesem Schicksal aber wohl oder übel fügen.

»In Ordnung«, sage ich durch zusammengebissene Zähne, aber trotzdem um ein halbwegs freundliches Lächeln bemüht.

»Wenn du lieber alleine gehen willst, ist das auch in Ordnung«, deutet Seraphina meinen Gesichtsausdruck vollkommen falsch. Wobei das wenigstens eine Lösung wäre, wie ich ihr und ihrem heißen Körper für einige Zeit entkommen könnte. Aber ich denke, Susan hätte womöglich etwas dagegen. Immerhin sind wir hier, um uns zu verlieben. Zum gefühlt tausendsten Mal verfluche ich die

Wahrsagerin dafür, ausgerechnet Seraphina als meine große Liebe ausgesucht zu haben. Hätten sie nicht irgendwen anderen nehmen können? Von mir auch dieses langweilige Model, das es auf mich abgesehen hatte. Dann könnte ich mir zumindest die Nächte versüßen, anstatt jeden Abend eine kalte Dusche zu nehmen.

»Nein, schon okay. Ich bringe es dir bei«, erwidere ich notgedrungen.

»Ihr könnt doch auch gemeinsam auf ein Surfbrett, oder nicht? Ich meine, damit Sera nichts passiert«, mischt sich Susan in unsere Unterhaltung ein und der Spitzname, den sie verwendet, lässt mich aufhorchen. Ob das hier doch ein abgekartetes Spiel ist? Seraphina wirkte zwar ehrlich erstaunt, als die Wahrsagerin auf meiner Party ausgerechnet sie als meine große Liebe geoutet hat, aber wer weiß, vielleicht ist sie einfach nur eine gute Schauspielerin. Was, wenn mehr dahintersteckt und sie mich in die Pfanne hauen wollen?

Mürrisch greife ich mir ein Surfbrett und schnappe mir Seraphinas Hand, um mit ihr ins Wasser zu gehen.

»Hast du etwas damit zu tun?«, fauche ich meine Begleitung an, als wir tief genug im Wasser sind, um uns auf das Brett setzen zu können.

»Was meinst du?«, fragt sie mit einem unschuldigen Blick.

»Diese ganze Show hier«, sage ich und mache eine unwirsche Bewegung mit meiner Hand.

Doch Seraphina sieht mich nur fragend an.

»Komm schon. Es ist ein ziemlich großer Zufall, dass die Wahrsagerin genau dich ausgewählt hat. Auf einer Party, auf der du nicht hättest sein dürfen.«

Ich sehe ihr genau an, wie die Wut in ihr hochsteigt. Schließlich ist es nicht das erste Mal, dass ein Gespräch zwischen uns für solche Emotionen bei ihr sorgt.

»Spinnst du?«, fährt sie mich auch schon an. »Für was für einen Menschen hältst du mich eigentlich? Ja, ich habe mit dem Foto damals einen Fehler gemacht. Dafür habe ich mich auch bereits bei dir entschuldigt. Das heißt aber noch lange nicht, dass ich vom Sender gekauft wurde. Oder wie stellst du dir das vor? Bin ich deiner Meinung nach zu ihnen gegangen und habe vorgeschlagen, dem großen Evan Chambers einen Streich zu spielen?«

Ihre wunderschönen Augen funkeln mich zornig an, und ich habe keine Ahnung, was bei mir falsch läuft, aber mein Schwanz reagiert sofort. Doch für den Moment muss ich das ignorieren.

»Wieso warst du dann auf meiner Party? Und wie hast du es geschafft, an meinem Sicherheitspersonal vorbeizukommen?«, fahre ich sie scharf an.

Schlagartig scheint ihre Wut auf mich zu verpuffen und ihre Wangen laufen rot an. Scheinbar schuldbewusst kaut sie auf ihrer Unterlippe, was mich schier um den Verstand bringt. Am liebsten würde ich sie an Ort und Stelle nehmen und ihr zeigen, wie sie mit mir umzugehen hat. Hatte ich bisher keinen großen Gefallen an Machtspielchen im Bett gefunden, so würde ich Seraphina sehr gerne zeigen, wer hier mächtiger ist.

»Ich habe Fotos gemacht«, sagt sie schließlich kleinlaut, doch das wusste ich schon längst.

»Ja, das ist nichts Neues. Warum?«

»Weil es meine Leidenschaft ist, okay?«, stößt sie plötzlich aus. Ich runzle die Stirn und sehe sie abwartend an, bis sie weiterspricht. »Ich bin kein Paparazzo und will auch keiner sein. Meine Leidenschaft sind Porträts, die das wahre Wesen eines Menschen einfangen. Leider ist es nicht gerade einfach, als Fotografin Fuß zu fassen. Deshalb dachte ich, deine Party wäre die perfekte Gelegenheit, um Fotos von Promis machen zu können, die genug Einfluss haben, um mich bekannt zu machen. Also ja, es war mal wieder ein rein egoistischer Grund. Aber ich tue niemandem weh damit.«

Seraphina sieht in diesem Moment so stark und gleichzeitig derart verletzlich aus, dass ich sie am liebsten in meine Arme nehmen und nie wieder loslassen würde. Stattdessen nicke ich kurz.

»Okay. Und wie bist du rein gekommen?«, frage ich sie.

»Das kann ich dir nicht sagen.«

»Sera«, verwende ich nun den Spitznamen, mit dem Susan sie zuvor schon angesprochen hat. »Wenn du mir nicht die Wahrheit sagst, wie soll ich dir dann vertrauen?«

Sie wendet ihren Blick ab, atmet tief durch und sieht mich danach derart intensiv an, dass es mir einen Stich in der Brust versetzt.

»Also gut. Einer deiner Angestellten hat mich reingelassen«, gesteht sie mir und in mir keimt schon wieder Wut hoch. Wenn ich den in die Finger bekomme. »Bitte, er kann nichts dafür. Ich habe ihn quasi dazu gezwungen. Er ist ein guter Mitarbeiter«, beeilt sie sich zu sagen, bevor ich reagieren kann.

Jetzt ist es an mir, tief durchzuatmen und die Wut runterzuschlucken.

»Okay. Es ist schließlich nichts passiert. Außer, dass wir hier gelandet sind«, sage ich schließlich, weil ich nicht mehr streiten will.

»Was definitiv nicht meine Schuld ist. Ehrlich, Evan. Ich habe nichts damit zu tun«, beteuert Seraphina noch einmal.

»Schon gut. Ich glaube dir«, sage ich und meine es auch tatsächlich so. Vielleicht sollte ich die Vergangenheit endlich vergessen. Jeder kann einmal einen Fehler machen. Auch ich habe manch egoistische Entscheidung getroffen, um so erfolgreich zu werden, wie ich heute bin. Da kann ich ihr ein Foto, das sie gemacht hat, ohne mich zu kennen, nicht ewig vorhalten.

»Wollen wir noch einmal von vorne anfangen?«, biete ich ihr deshalb an und bekomme als Dank ihr bezauberndes Lächeln zu sehen.

»Gerne. Ein guter erster Schritt wäre, wenn du mir tatsächlich beibringen würdest, wie man surft. Ich habe leider absolut keine Ahnung.«

Also komme ich zum ersten Mal dazu, Seraphinas nackten Körper zu berühren, indem ich ihr zeige, wie sie sich auf dem Brett halten kann, während eine Welle sie in Richtung Strand gleiten lässt. Es braucht all meinen Einfallsreichtum, um dabei an Dinge zu denken, die das Blut aus meinem Schwanz halten.

Erst als die Sonne bereits dabei ist, unterzugehen, beenden wir diesen Ausflug und machen uns auf den Weg zurück ins Hotel. Im Jeep sehe ich Seraphina neben mir frösteln und ich biete ihr mein Hemd an. Ich selbst bin derart erhitzt, dass ich noch eine kalte Dusche nehmen werde, sobald ich in meiner Suite angekommen bin.

18

SERAPHINA

In meiner Suite angekommen, lasse ich mich erschöpft, aber glücklich auf das riesige Bett fallen. Ich verstehe, weshalb Evan misstrauisch mir gegenüber ist, bin aber sehr froh darüber, dieses Thema hoffentlich ein für alle Mal abgehakt zu haben. Der restliche Tag war einfach nur fantastisch. Nach unzähligen Versuchen habe ich mich tatsächlich lange genug auf dem Surfbrett halten können, um eine kleine Welle zu reiten. Dabei musste ich mich ganz schön konzentrieren, um Evans Erklärungen folgen zu können. Seine Hände, die mich immer wieder berührten, als er mir erklärte, welche Position ich einnehmen muss, haben mich schier wahnsinnig gemacht. Am liebsten hätte ich sie überall an meinem Körper gespürt.

Da es schon spät ist, zwinge ich mich dazu, mich

von meinen Tagträumen zu lösen und unter die Dusche zu gehen. Bevor ich tatsächlich zu Bett gehe, sollte ich mir zumindest das Salzwasser abwaschen. Vielleicht bestelle ich mir auch noch eine Kleinigkeit beim Zimmerservice. Immerhin haben wir den ganzen Tag am Strand verbracht und dort nur ein kleines Picknick veranstaltet. Zu wenig jedenfalls in Kombination mit der körperlichen Anstrengung, die das Surfen mir abverlangte.

Im Badezimmer angekommen, bemerke ich erst, dass ich nach wie vor Evans Hemd anhabe. Ob ich es ihm noch zurückbringen kann? Wahrscheinlich wird es kein Problem sein, wenn er bis morgen drauf warten muss, aber sein Duft, der nach wie vor auf dem Kleidungsstück hängt, lässt in mir den unwiderstehlichen Drang aufkommen, ihn sofort sehen zu müssen. Immerhin habe ich eine gute Ausrede, jetzt noch bei ihm zu klopfen.

Also verschiebe ich die Dusche auf später und gehe stattdessen nach nebenan, wo sich Evans Villa befindet. Nach wenigen Sekunden öffnet er mir die Tür und ich ziehe die Luft zischend ein, als er nur in ein Badetuch gewickelt vor mir steht.

»Entschuldige, ich wollte dich nicht stören«, stammle ich vor mich hin, ohne den Blick von seinem Körper nehmen zu können.

»Schon gut. Ich war gerade fertig. Willst du reinkommen?«, bietet er mir an und obwohl ich weiß, dass das hier sehr gefährlich ist, nicke ich und trete ein.

»Ich wollte dir nur dein Hemd zurückgeben«, sage ich und halte ihm das Kleidungsstück entgegen. Als er es nimmt, berühren sich unsere Hände. Ein Blitz durchfährt meinen Körper und ich sehe zu ihm auf. Seine Augen ruhen auf mir. Keiner von uns beiden denkt daran, den unschuldigen Körperkontakt zu unterbrechen. Zumindest ein paar Sekunden lang.

»Ach, scheiß drauf«, entfährt es Evan.

Er pfeffert das Hemd in eine Ecke und zieht mich im gleichen Moment mit der anderen Hand zu sich. Bevor ich noch realisieren kann, was hier gerade passiert, senkt er seine Lippen auf meine. Seine Zunge bahnt sich ihren Weg in meinen Mund und ich kralle mich an seinem Rücken fest, als hinge mein Leben davon ab, mich möglichst eng an ihn zu pressen.

Mit einer einzigen Bewegung hebt er mich hoch und ich schlinge meine Beine um ihn, sodass ich seine Erektion durch das Handtuch hindurch spüren kann. Evan macht ein paar Schritte und lässt mich dann mit dem Rücken auf sein Bett fallen. Von hier habe ich einen wunderbaren Blick auf seinen Körper. Als er den Knoten an seinem Handtuch löst und es zu Boden fällt, lecke ich mir voller Vorfreude über meine Lippen.

Doch anstatt zu mir zu kommen, geht Evan auf

den Stuhl gegenüber dem Bett zu und greift sich eine Krawatte, die dort hängt.

»Was hast du vor?«, frage ich ihn, als er damit auf mich zu kommt.

»Ich werde deine Hände am Kopf des Bettes anbinden und danach jeden Zentimeter deines wundervollen Körpers verwöhnen«, raunt er mir ins Ohr, als er neben mir angekommen ist.

Obwohl ich zugeben muss, dass sich das gar nicht so schlecht anhört, wehrt sich in mir alles dagegen, von ihm gefesselt zu werden. Ich will ihn spüren. Und dazu gehören auch meine Hände an seinem Körper.

»Nein«, sage ich deshalb und setze mich auf dem Bett auf. »Wenn du mich willst, dann ohne irgendwelche Hilfsmittelchen. Zumindest beim ersten Mal«, füge ich etwas sanftmütiger an.

Für einen Moment befürchte ich, er geht nicht auf meine Forderung ein und ich muss unbefriedigt abziehen. Doch schon im nächsten Augenblick huscht ein begieriges Lächeln über seinen Mund und auch seiner Erektion ist anzusehen, dass ihm die Lust an mir nicht vergangen ist.

»Du machst mich echt fertig, Sera«, sagt er mit rauer Stimme, bevor er zu mir ins Bett kommt und sich über mir positioniert. Ich habe zwar keine Ahnung, womit ich das ausgelöst habe, aber irgendetwas scheine ich genau richtig gemacht zu haben. Jedenfalls freut sich mein Unterleib, dieses Prachtstück von einem Mann endlich zwischen meinen Schenkeln zu haben.

Ich bin nicht nur feucht, sondern bereits nass vor Vorfreude und mehr als bereit dafür, von Evan genommen zu werden. Ihm dürfte es ähnlich gehen, er lässt sich nämlich nicht lange bitten und positioniert seinen Schwanz vor meinem Eingang.

»Nimmst du die Pille?«, fragt er mich und ich nicke eilig.

»Ja, und ich bin gesund.«

»Sehr gut. Ich auch«, erwidert er und überrascht mich im nächsten Moment, indem er mit einem Stoß tief in mich eindringt. Ich schreie laut auf vor Lust und kralle mich mit den Fingernägeln in seinen Rücken. Doch er lässt sich davon zum Glück nicht beirren und verliert sich weiter in mir, während er seine Lippen auf meine presst und mit einer Hand meine rechte Brust knetet. Ich spüre ihn einfach überall an meinem Körper und fühle mich wie elektrisiert.

Schneller als erwartet löst sich die aufgestaute Lust, die sich die letzten Tage bereits zwischen uns entwickelt hat, und als Evan erneut heftig in mich stößt, komme ich mit einem lauten Schrei. Es fühlt sich an, als würde ich explodieren. Erst als mein Orgasmus abgeebbt ist, werden Evans Stöße schneller, bis er sich schließlich in mich ergießt.

»Das ... das war ...«

»Erst der Anfang«, vollendet Evan mein

Gestammel und grinst mich begierig an, woraufhin mein Unterleib freudig zuckt.

Er dürfte das gespürt haben und ich bin erstaunt darüber, dass sein Schwanz noch immer steif ist. Denn erneut beginnt er, sich in mir zu bewegen. Diesmal langsamer und irgendwie inniger. Währenddessen liebkost er meinen Hals und arbeitet sich mit seiner Zunge zu meinen Brüsten hinab. Als er sich doch aus mir zurückzieht, ahne ich, was er vorhat.

Er macht sein Versprechen wahr, jeden Zentimeter meines Körpers zu verwöhnen. Zu meiner Freude allerdings ohne seine Krawatte als Fessel. Mit seinem Mund wandert er über meinen Oberkörper. Mit einem Finger massiert er kreisend meinen Kitzler, während er mit einem anderen in mich dringt. Augenblicklich stöhne ich auf. Dieser Mann weiß ganz genau, was er da tut, und hat anscheinend gerade den Punkt gefunden, von dem ich dachte, er würde gar nicht existieren. Ich winde mich unter ihm, will mehr, muss seinen Schwanz wieder in mir spüren.

»Fick mich noch mal, Evan«, bettle ich.

»Noch nicht«, gibt er zurück, bevor er seine Hand von meiner empfindlichsten Stelle entfernt und gegen seinen Mund austauscht.

Als er an meiner Klit saugt und mit der Zunge in mich eindringt, halte ich es kaum noch aus. Noch nie hat mich ein Mann so schnell zum Höhepunkt gebracht. Schon gar nicht zwei Mal hintereinander. Doch ich will jetzt noch nicht kommen. Nicht schon wieder so früh. Denn bei der Heftigkeit meiner Orgasmen mit Evan halte ich es womöglich kein drittes Mal aus.

Mit einer gezielten Bewegung befreie ich mich aus seinem Griff und entziehe mich ihm. Überrascht sieht er mich an, doch anstatt ihm zu sagen, was ich vorhabe, gebe ich ihm einen sanften Schubs, sodass er jetzt mit dem Rücken auf dem Bett landet.

Genüsslich positioniere ich mich über ihm, greife nach der Krawatte, die er vorhin noch für mich verwenden wollte, und fessle stattdessen seine Hände an das Kopfende. Evan lässt mich gewähren, obwohl es ein Leichtes für ihn wäre, sich gegen mich zu wehren. Sein Blick verrät mir, dass es ihm zu gefallen scheint, dass ich nun die Führung übernehme.

Wie er zuvor schon bei mir liebkose ich jetzt seinen Körper und nähere mich immer mehr seiner Erektion, die schon begierig auf mich wartet. Ich setze meine Zunge ganz unten an seinem Schaft an und lecke genüsslich bis hinauf zu der empfindlichen Eichel. Als ich dort ankomme, zieht Evan scharf die Luft ein, was mich nur noch mehr anspornt. Ich befeuchte meine Lippen und nehme ihn vollkommen in mich auf. Belustigt nehme ich wahr, wie Evan versucht, sich von seinen Fesseln zu befreien. Doch ich will noch ein bisschen mit ihm spielen und sauge an seinem Schwanz, während ich seine Eichel mit meiner Zunge umkreise.

»Shit, Sera, bitte«, ist jetzt er derjenige, der bettelt.

Zwar würde ich ihn gerne noch weiter provozieren, aber dann würde ich riskieren, ihn heute nicht mehr in mir spüren zu können. Deshalb lasse ich langsam von ihm ab und positioniere meinen Schoß auf Höhe seiner Hüfte. Ich beuge mich nach vorne, um ihn leidenschaftlich zu küssen, während ich ihn damit überrasche, mich auf seinen Schwanz senken zu lassen. Jetzt bin ich dran, das Tempo zu bestimmen.

Doch schon nach kurzer Zeit überkommt mich das Verlangen, seine Hände wieder auf mir zu spüren, und ich löse nun doch seine Fesseln. Sofort greift er nach meinen Brüsten und massiert sie so kräftig, dass der süße Schmerz bis in meinen Unterleib fährt. Man könnte denken, nach meinem letzten Orgasmus würde ich eine Zeit brauchen, um wieder so weit zu sein, doch dieser Mann macht mich schier wahnsinnig vor Lust.

Er dürfte das ebenfalls bemerken und packt mich an meiner Hüfte, um meine Position so zu verändern, dass er noch tiefer in mich eindringen kann. Das gibt mir endgültig den Rest und ich verliere mich erneut in einem ohrenbetäubenden Orgasmus. Diesmal wartet Evan nicht, bis ich mich wieder erholt habe, sondern stöhnt ebenfalls laut auf, während sein Saft in mich schießt.

»Ich habe noch immer nicht genug von dir«, raunt er mir ins Ohr, als ich vollkommen k. o. neben ihm liege. Seine Hand wandert an mir hinunter und neckt erneut meine empfindlichste Stelle, die natürlich sofort reagiert. Dieser Mann ist unersättlich. Aber ich auch, wenn es um ihn geht. Also begeben wir uns in die dritte Runde.

19

EVAN

Als ich am nächsten Morgen aufwache, fühle ich mich wie neugeboren. Das mag klischeehaft klingen, aber irgendwie hat sich letzte Nacht alles zusammengefügt. Ich wage es kaum zu sagen, aber vielleicht hatte diese Wahrsagerin doch recht. Und wenn Seraphina nicht meine große Liebe ist, dann zumindest die Frau, die im Bett perfekt zu mir passt. Ich beobachte sie eine Weile, wie sie neben mir liegt, möchte ihr aber nicht zumuten, sie schon wieder zu wecken, um über sie herzufallen. Wir haben die Nacht kaum geschlafen, aber die Dreharbeiten gehen natürlich weiter.

Das Läuten meines Handys reißt mich aus meinen erotischen Gedanken und ich greife danach, bevor Sera doch noch geweckt wird. Mit einem Satz bin ich aus dem Bett und gehe ins Badezimmer, um dort zu telefonieren.

»Ja«, sage ich, als ich angekommen bin.

»Evan, gut, dass ich dich erreiche. Wir haben ein Problem.«

Das wundert mich nicht. Eher überrascht es mich, dass es so lange gedauert hat, nachdem ich weg war.

»Was gibt's?«, frage ich fast gelangweilt nach. Max macht oft aus einer Mücke einen Elefanten, weshalb ich nicht davon ausgehe, dass es etwas tatsächlich Dramatisches ist.

»Es ist so weit. Wir müssen Harrison um Hilfe bitten«, dringt es vom anderen Ende der Leitung zu mir durch und ich bin plötzlich hellwach.

Vor einigen Monaten schon standen wir vor einem riesigen Problem, von dem wir dachten, wir könnten es nicht alleine lösen. Zum Glück ist es uns damals doch noch gelungen, denn mit Harrison gemeinsame Sache zu machen, wäre die absolut letzte Option gewesen.

»Das kann nicht sein. Es muss doch noch andere Wege geben …«, sage ich, werde aber von Max unterbrochen.

»Nein, leider. Diesmal nicht. Ich habe bereits mit Harrison gesprochen. Er hat sich dazu bereit erklärt, uns unter die Arme zu greifen. Aber er will ein persönliches Gespräch mit dir.«

Thomas Harrison ist unser größter Konkurrent. Dass nun ausgerechnet er derjenige sein soll, der uns bereitwillig aus der Patsche hilft, geht mir gewaltig gegen den Strich.

»Ich mache nicht gemeinsame Sache mit diesem Typen, Max. Du musst dir etwas anderes überlegen«, sage ich fest.

»Es gibt keinen anderen Ausweg, Evan. Glaube mir, ich habe alles durchdacht. Und Harrison hat sich verändert.«

»Trotzdem stehen wir dann in seiner Schuld«, gebe ich zu bedenken. Dieser Mann hat noch nie etwas getan, das am Ende nicht zu seinem eigenen Besten war. Er ist imstande unsere Firma zu übernehmen, nur weil er uns einmal einen Gefallen tut.

»Er will mit uns kooperieren. Anscheinend ist er zur Vernunft gekommen und möchte die Stärken unserer Firmen zusammenlegen.«

»Eine Übernahme, meinst du?«, frage ich misstrauisch.

»Nein. Eher ein Austausch. Er hilft uns mit unserem Problem, und du weißt, dass er da die besseren Kontakte hat, wenn wir dafür die Medien über seine Unterstützung informieren.«

»Wir sollen sein Image reinwaschen«, bringe ich die Sache auf den Punkt.

»Ganz genau.«

Das gefällt mir gar nicht. Auch wenn es ein vergleichbar kleiner Gefallen ist, den wir ihm tun müssen. Aber sollten die Medien von unserem kleinen Treffen Wind bekommen, bevor wir dazu

Stellung nehmen können, gerät auch unsere Firma in Gefahr. Zumindest, wenn Harrison im letzten Moment doch noch abspringt.

»Sag mir, dass du eine Pressemitteilung rausgibst, bevor ich mich mit ihm treffe, und ich bin dabei«, schlage ich Max vor, obwohl ich mir schon denken kann, dass es so einfach nicht sein wird.

»Dafür müssten wir den Vorstand einweihen. Und das halte ich in der jetzigen Situation für unklug«, bestätigt er meine Annahme auch schon. »Außerdem will Harrison sich zuerst mit dir aussprechen, bevor er endgültig zustimmt.«

»Wie stellst du dir das vor, Max? Wenn ich jetzt abreise, werden die Journalisten bestimmt Fragen stellen«, stelle ich das Offensichtliche fest.

»Du sollst auch gar nicht abreisen. Harrison kommt zu dir. Alles, was du tun musst, ist dich aus diesem Luxushotel schleichen und zu dem Treffen gehen.«

»Ohne mich von irgendwem filmen zu lassen. Das wird bestimmt ganz einfach am Drehplatz einer Realityshow«, werfe ich sarkastisch ein.

Max kennt mich gut genug, um nicht darauf einzugehen und mir Zeit zu lassen, das alles zu überdenken.

»Also gut«, sage ich schließlich. »Mach einen Termin mit ihm aus und schick mir die Daten.«

»Wird gemacht«, erwidert Max gut gelaunt und ich lege angepisst auf.

Als ich das Badezimmer verlassen will, kommt mir Seraphina entgegen.

»Entschuldigung, ich wollte dich nicht stören«, sagt sie kleinlaut.

Doch sie stört mich nicht. Ganz und gar nicht. Der Anblick dieser wunderschönen, nackten Frau bringt mich sofort auf andere Gedanken.

»Wollen wir zusammen duschen, bevor wir zum Frühstück gehen?«, frage ich sie mit einem lüsternen Grinsen im Gesicht und auch ihre Miene erhellt sich sofort.

»Sehr gerne«, antwortet sie und stolziert an mir vorbei, was mir einen herrlichen Blick auf ihre Rückenansicht gewährt, die mich auf einen genialen Gedanken bringt.

Mehr braucht es gar nicht, um mir schon wieder einen Ständer zu bereiten. Als hätte ich heute Nacht nicht genug Sex bekommen. Aber diese Frau macht mich schier wahnsinnig. Eher werde ich wund, bevor ich es satthabe, in ihr zu versinken.

Seraphina hat bereits das Wasser aufgedreht und begonnen, sich einzuschäumen, als ich zu ihr in die Dusche steige. Ohne ein Wort zu sagen, drehe ich sie mit dem Gesicht zur Wand, packe sie mit einer Hand an der Hüfte und greife mit der anderen nach ihrer Brust. Sie reagiert sofort und streckt mir ihr süßes Hinterteil entgegen, damit ich aus dieser Position in sie eindringen kann. Noch nie war Sex unter der Dusche so geil wie mit dieser Frau.

20

SERAPHINA

Ausgerechnet heute steht Wellnessen auf dem Programm. Der Sender ist wohl der Meinung, der gestrige Ausflug zu dieser abgelegenen Bucht hätte noch nicht ausgereicht, um die Spannung zwischen Evan und mir auf ein neues Level zu heben. Wenn die wüssten. Nichtsdestotrotz muss ich diesen Tag mit einem halb nackten Evan verbringen, ohne über ihn herfallen zu dürfen. Zumindest noch nicht. Wir haben beschlossen, vor den Kameras zwar weiterhin zu flirten, uns vielleicht auch ein kleines bisschen verliebt zu geben, es aber nicht zu intimen Augenblicken kommen zu lassen. Und damit ist noch nicht einmal Sex gemeint. Natürlich werde ich mich dabei nicht filmen lassen. Nein, wir wollen uns, zumindest vorerst, auch nicht küssen, solange die Medienleute dabei sind. Sie müssen nicht sofort wissen, was zwischen uns vorgefallen ist.

Obwohl diese Idee von Evan kam, finde ich sie ebenfalls richtig. Schließlich ist das zwischen uns noch ganz frisch und wir wissen selbst nicht, wohin es uns führen wird. Es könnte genauso gut sein, dass wir uns morgen schon wieder satthaben. Wie würden wir dann dastehen? Wobei ich mir im Moment beim besten Willen nicht vorstellen kann, diesen Mann jemals sattzuhaben. Alleine die Tatsache, dass er gerade, die intimsten Stellen nur durch ein Badetuch bedeckt, neben mir auf einer Massageliege liegt und die gleichen Berührungen zu spüren bekommt wie ich, macht mich schon geil. In meiner Fantasie bin ich es, die ihn massiert. Nur würde ich irgendwann wie zufällig unter das Badetuch gleiten und die Massage dort fortsetzen, bevor ich ihn bitte, sich umzudrehen, damit ich ihn reiten kann, bis wir beide zum Höhepunkt kommen.

Ich sehe verstohlen hinüber zu Evan und unsere Blicke treffen sich. Dem Glühen in seinen Augen nach zu urteilen, dürfte er in etwa die gleichen Gedanken haben wie ich. Sinnlich, wie ich hoffe, beiße ich mir auf die Unterlippe und Evan schüttelt fast unmerklich den Kopf, als würde er mir zu verstehen geben wollen, dass ich ihn nicht provozieren soll. Doch ich liebe dieses Spiel. Auch wenn es ein Spiel mit dem Feuer ist. Denn auch ich muss noch viel zu viele Stunden aushalten, bevor ich endlich wieder über ihn herfallen kann.

Nachdem die Paarmassage beendet ist, führt es uns in die Sauna. Susan macht es uns heute wirklich nicht leicht. Evans nackten Körper, an dem sich Schweißtropfen bilden, die langsam hinabrinnen, direkt neben mir zu haben, ohne ihn berühren zu dürfen, ist schiere Folter. Dabei sind unsere Gespräche ganz unverfänglich. Sich jetzt anzügliche Bemerkungen zuzuwerfen, wäre unserem Vorhaben, die Geschehnisse von letzter Nacht für uns zu behalten, auch nicht gerade dienlich.

»Warum hattest du deine Kamera eigentlich nicht dabei?«, fragt Evan und reißt mich damit aus meinen Gedanken. Ich habe ihn zwar angestarrt, aber leider nicht mitbekommen, worüber er gerade gesprochen hat.

»Wie bitte?« Ich versuche, so normal wie möglich zu klingen, aber sein Grinsen zeigt mir, dass er mich durchschaut hat und genau weiß, woran ich eben gedacht habe.

»Im Nationalpark. Dieses Naturschauspiel muss für eine Fotografin doch sehr interessant sein. Aber du hattest deine Kamera nicht mit«, klärt er mich auf und lenkt mich auf einen Schlag von weiteren nicht jugendfreien Gedanken ab. Ich bin überrascht und frage mich, weshalb er ausgerechnet auf dieses Thema zu sprechen kommt. Ob er mir damit zu verstehen geben will, dass er wegen des Fotos nicht mehr sauer auf mich ist? Welchen Grund er auch immer hat, ich nutze die Gelegenheit, um ihn tiefer in meine Welt eintauchen zu lassen. Vielleicht versteht er mich dann auch besser.

»Ich habe gar nicht daran gedacht. Aber ja, es wären bestimmt einige tolle Bilder entstanden. Was aber meine Ambitionen als Fotografin angeht, arbeite ich lieber mit Menschen.« Evan hebt die Augenbrauen und ich beeile mich damit, ihm das näher zu erklären. »Keine Sorge, ich meine damit keine Paparazzifotos. Meine Leidenschaft sind Porträts. Ich versuche, das Wesen der Menschen einzufangen, die ich fotografiere.«

»Du musst mir irgendwann mal Fotos von dir zeigen«, sagt er ernst, aber nicht wütend. Er wirkt eher so, als würde er sich tatsächlich dafür interessieren.

»Das würde ich sehr gerne tun«, erwidere ich mit einem strahlenden Lächeln, das ihm zeigen soll, wie sehr ich mich darüber freue, diese Geschichte endlich hinter uns gelassen zu haben.

Wir verbringen noch einen wunderschönen Tag in der Anlage des Hotels. Nach der Sauna hüpfen wir in den Pool und genießen anschließend Cocktails, während wir es uns auf einer riesigen Partnerliege unter einem Baldachin bequem machen. Dieser Ort hier ist einfach gemacht für romantische Urlaube zu zweit. Es ist zu schade, dass wir kaum eine Minute ohne die Kameras, nur für uns zwei, haben.

Als die Dreharbeiten fürs Erste zu Ende sind, schlendern wir gemeinsam zu unseren Villen zurück.

»Leider haben wir nicht viel Zeit bis zum Abendessen, sonst würde ich dich bitte, mich wieder unter die Dusche zu begleiten«, raunt Evan mir zu und ich seufze schwer.

»Und ich würde nichts lieber tun, als dein Angebot anzunehmen. Nach dem Essen?«, sehe ich ihn hoffnungsvoll an.

»Nach dem Essen.«

Also geht jeder vorerst in seine eigene Villa, um sich für später zurechtzumachen. Gerade als ich ins Badezimmer gehen will, läutet mein Handy. In der Erwartung, Paula würde mich mal wieder ausfragen wollen, wie der Tag gelaufen ist, gehe ich ran, ohne auf das Display zu schauen.

»Du wirst dich noch ein bisschen gedulden müssen. Ich hab es leider eilig«, sage ich lachend in den Hörer. Doch im nächsten Moment gefriert mir das Blut in den Adern, als ich eine bekannte Stimme höre, die nicht zu Paula gehört.

»Hierfür werden Sie Zeit haben, Ms. Reed.«

Ich setze mich an den Rand der frei stehenden Wanne und atme tief durch. Diesen Typen hatte ich schon fast wieder vergessen.

»Hören Sie, ich …« Ich will ihm gleich mitteilen,

dass ich raus bin aus der Sache, doch er unterbricht mich.

»Übermorgen um 20 Uhr. Restaurant Pai. Machen Sie Ihren Job gut, sonst sind Sie und Ihre Freunde erledigt, das verspreche ich Ihnen.«

Bevor ich noch irgendetwas erwidern kann, hat er auch schon aufgelegt. Verdammter Mist. Und jetzt habe ich noch nicht einmal Zeit, darüber nachzudenken. Eilig gehe ich unter die Dusche und ziehe mich danach für das bevorstehende Essen mit Evan um.

Den ganzen Abend lang stehe ich neben mir, weil mir diese Sache derart im Magen liegt. Am liebsten würde ich mit Evan darüber sprechen, befürchte aber, ich könnte sein gerade erst gewonnenes Vertrauen dadurch wieder verlieren. Wie soll ich ein solches Gespräch auch anfangen? Unmöglich kann ich ihm erzählen, ein Fremder stand vor meiner Tür und hat mich darum gebeten, ein pikantes Foto von ihm zu machen. Er würde mir doch niemals glauben. Außerdem kann er mich auch nicht vor diesem Typen beschützen, wenn ich noch nicht einmal weiß, wer der Kerl überhaupt ist. Ich klammere mich an den Gedanken fest, dass Evan von all dem nie etwas mitbekommen wird. Immerhin werde ich dieses Foto ganz sicher nicht machen. Also ist er aus dem Schneider. Um mich selbst habe ich auch keine Angst. Na ja, ein bisschen schon. Aber ich werde Evan bestimmt nicht meiner

Karriere opfern. Aber was aus Greg und Paula wird, möchte ich mir nicht einmal ausmalen.

»Was ist los mit dir, Sera? Du wirkst so abwesend«, spricht Evan mich irgendwann im Laufe des Abends auf meinen Zustand an, doch ich winke ab, lächle und bemühe mich, die restliche Zeit über so zu tun, als wäre alles in Ordnung.

Als wir nach dem Essen zu unseren Villen zurückgehen, gebe ich vor, müde zu sein, und verschwinde alleine in meinem Bett. Ich fühle mich wie eine Verräterin, obwohl ich nichts getan habe und auch nicht vorhabe, irgendetwas zu tun, um auf die Forderungen des Kerls einzugehen. Doch würde ich jetzt mit Evan schlafen, käme ich mir schäbig vor.

21

EVAN

Ich habe die halbe Nacht kein Auge zugetan, weil mich Seraphinas Verhalten von gestern Abend beunruhigt hat. Deshalb nehme ich mir vor, sie gleich beim Frühstück darauf anzusprechen. Ganz egal, ob Kameras dabei sind oder nicht. Diese Frau ist mir wichtiger als mein Image im Fernsehen. Außerdem hat Max doch gemeint, es wäre sogar gut für die Firma, wenn wir so tun würden, als hätten wir uns ineinander verliebt. Nun, spielen muss ich das nicht mehr.

Doch als ich im Restaurant ankomme, sehe ich eine verdutzte Seraphina zwischen ihrem Ex und dem Model, das mich auf meiner Party angebaggert hat, sitzen. Die Kameramänner und Susan sind zwar ebenfalls hier, dürften die Anwesenheit der beiden allerdings noch nicht erklärt haben. Misstrauisch nähere ich mich dem Tisch.

»Was soll das werden?«, frage ich Susan und deute unwirsch in Richtung des Tisches.

»Wir wollen die Sache etwas interessanter machen. Seraphina und du hattet in den letzten Tagen Zeit, euch näher kennenzulernen. Jetzt testen wir, wie tief eure Gefühle füreinander mittlerweile sind. Oder, ob überhaupt welche vorhanden sind«, grinst sie mich an.

Das ist so typisch. Natürlich ist es ihnen nicht genug, mich in diese Sendung gequatscht zu haben. Nein, sie wollen mehr Drama. Am liebsten wäre es ihnen vermutlich, ich würde jetzt sofort über das Model, dessen Namen ich mir noch nicht einmal gemerkt habe, herfallen.

»Für heute war eine Schnorcheltour geplant. Machen wir die jetzt alle gemeinsam, oder wie soll das ablaufen?«, frage ich genervt, während ich mich mit einem Sicherheitsabstand zu dem Model ebenfalls an den Frühstückstisch setze.

»Ihr werdet schnorcheln gehen. Allerdings getrennt voneinander. Seraphina und du, ihr werdet euch heute nicht mehr sehen und stattdessen den Tag mit den Neuankömmlingen verbringen. Aber das ist noch nicht alles.« Susan macht ein Gesicht, als wäre sie der Grinch höchstpersönlich. »Wir haben keine extra Zimmer gebucht. Melanie wird also bei dir und Greg bei Seraphina in der Villa übernachten.«

Ich spüre deutlich, wie die Adern an meinen

Schläfen zu pochen beginnen. Einen Wutausbruch vor laufenden Kameras kann ich mir aber nicht leisten, deshalb schlucke ich meinen Zorn herunter. Mein Blick gleitet zu Seraphina, die mich mit zerknirschtem Gesicht ansieht und die Schultern anzieht, um mir zu signalisieren, dass auch sie nicht gerade glücklich über diese Situation ist. Wenigstens etwas. Doch wenn ich mich recht erinnere, war dieser Greg auf meiner Party kurz davor, vor Seraphina auf die Knie zu fallen. Er empfindet also noch immer etwas für sie und wird bestimmt versuchen, sie wiederzugewinnen. Ich an seiner Stelle würde das jedenfalls tun.

Melanie hingegen sieht mich aufreizend an und freut sich wohl schon auf die gemeinsamen Stunden mit mir, sobald die Kameras weg sind. Wobei ich ihr zutrauen würde, auch darauf keine Rücksicht zu nehmen. An mir wird sie sich allerdings ihre hübschen Zähne ausbeißen. Nach dem Sex mit Seraphina gebe ich mich bestimmt nicht wieder mit einer Frau ab, die mich ohnehin nur langweilen würde. Ich kann nur hoffen, dass Sera das auch weiß und nicht auf falsche Gedanken kommt.

Ich verzichte an diesem Tag auf mein Frühstück. Das Essen ist mir eindeutig vergangen. Und schon eine halbe Stunde später bin ich zusammen mit Melanie an einem wunderschönen Strand, den ich lieber mit Seraphina genossen hätte. Resigniert füge ich mich meinem Schicksal und schnorchle lustlos in dem türkisblauen Meer. Immer darauf bedacht, dem Model nicht zu nahe zu kommen. Was wirklich eine Glanzleistung ist. Sie hat es nämlich eindeutig darauf abgesehen, sich heute zu nehmen, was sie auf meiner Party nicht mehr bekommen hat.

Irgendwie gelingt es mir jedenfalls, sie mir den ganzen Tag über vom Hals zu halten. Doch als wir abends in meiner Villa ankommen, wird es eng für mich.

»Willst du mich unter die Dusche begleiten?«, fragt sie mich und zieht dabei einen Schmollmund, der auf mich alles andere als anziehend wirkt.

»Nein. Ich gehe nach dir«, erwidere ich genervt.

Kein bisschen von meiner Abfuhr beeindruckt, zuckt sie fröhlich die Schultern und verschwindet pfeifend im Badezimmer. Als sie nach einer gefühlten Ewigkeit endlich zurückkommt, in ein viel zu kleines Handtuch gewickelt, schiebe ich mich an ihr vorbei, um ebenfalls duschen zu gehen. Zum Glück habe ich meinen Jogginganzug im Bad liegen gelassen und erspare es mir dadurch, wie ein prüder Schuljunge mit Klamotten in der Hand abzumarschieren.

Doch nachdem ich mich abgetrocknet habe, muss ich feststellen, dass mein Trainingsanzug komplett durchnässt ist. Dieses durchtriebene Luder. Das war bestimmt Absicht. Mir wäre es zwar lieber gewesen, ihre Hoffnungen gleich im Keim ersticken zu können, indem ich angezogen zurückkomme, aber dann wird sie es eben auf die harte Tour lernen müssen.

In ein Badetuch gewickelt komme ich zurück ins Schlafzimmer, wo mich eine noch schlimmere Situation erwartet, als ich eben gedacht hätte. Melanie ist splitterfasernackt und rekelt sich genüsslich in meinem Bett. Ich könnte schwören, sie hat bereits selbst Hand an sich gelegt und wäre somit sofort bereit für mich. Alles, was ich tun müsste, ist, mein Handtuch fallen zu lassen und sie zu nehmen. Stattdessen entscheide ich mich für den schwierigeren Weg.

Energisch gehe ich auf sie zu und packe sie an der Hand. Lüstern sieht sie mich an und erwartet wohl, ich würde jeden Moment über sie herfallen. Da sie derart selbstsicher ist, kann ich nicht davon ablassen, sie ein bisschen zu quälen. Langsam beuge ich mich zu ihr runter und komme ihren Lippen damit gefährlich nahe. Doch im letzten Moment drehe ich meinen Kopf zur Seite.

»Raus aus meinem Bett«, zische ich ihr in einem Tonfall ins Ohr, der keine Widerrede zulässt. Danach lasse ich sie los und gehe auf das Ankleidezimmer zu.

»Und zieh dir etwas an. Ich will dich so nicht hier haben«, rufe ich ihr noch zu, bevor ich in dem Zimmer verschwinde, um mir selbst etwas überzuwerfen.

Nicht auszudenken, was passiert wäre, wenn Seraphina sie so vorgefunden hätte. Der Gedanke an die Frau, die ich mir tatsächlich in meinem Bett gewünscht hätte, versetzt mir einen Stich in der Brust. Was, wenn ihr Ex genauso aufdringlich ist wie dieses Model? Alleine die Vorstellung, ein anderer Mann würde es wagen, sich nackt vor Seraphina zu präsentieren, lässt mich schon wieder wütend werden. Was mich aber noch mehr beunruhigt, ist die Frage, wie sie damit umgehen würde. Ich konnte heute nicht mit ihr sprechen und habe demnach keine Ahnung, weshalb sie sich gestern so merkwürdig benommen hat. Vielleicht bereut sie es, mir so nahe gekommen zu sein. Immerhin hat sie sich gestern Abend von mir verabschiedet, ohne mich auch nur zu küssen. Klar, die Kameras könnten uns auch außerhalb der Villa folgen, das wissen wir nicht, und wir waren uns einig, vorsichtig zu sein. Aber es könnte genauso gut sein, dass sie nicht vorhat, unser Abenteuer fortzusetzen.

Diese Gedanken machen mich schier wahnsinnig. Am liebsten würde ich sofort zu ihr gehen, um mit ihr zu reden. Doch das ist wegen dieser verdammten Show einfach nicht möglich. Mir bleibt nichts anderes übrig, als zu hoffen, dass sie diesem Typen nicht wieder verfällt. Und morgen mit ihr zu sprechen. Susan wird wohl kaum vorhaben, uns einen weiteren Tag voneinander zu trennen.

Als ich zurück ins Schlafzimmer komme, hockt Melanie auf einem Stuhl neben dem Bett. Angezogen.

»Was habe ich falsch gemacht?«, fragt sie mich niedergeschlagen und ich bekomme nun doch Mitleid mit ihr. Sie kann schließlich nichts dafür, dass ich mich in Seraphina verliebt habe. Unter anderen Umständen hätte ich ihr verlockendes Angebot auch gerne angenommen.

»Nichts. Es tut mir leid, dass ich so rau zu dir war«, unternehme ich den Versuch einer Entschuldigung, ohne sie jedoch in mein Gefühlschaos einzuweihen. Dazu kenne ich sie nicht gut genug. Womöglich würde sie meine Beichte noch dafür nutzen, sich bei den Medien beliebt zu machen.

»Du kannst im zweiten Schlafzimmer übernachten. Die Villa ist zum Glück groß genug«, biete ich ihr stattdessen an. Sie nickt wortlos und macht Anstalten, den Raum zu verlassen. Bei der Tür angekommen, dreht sie sich jedoch noch einmal zu mir um.

»Du solltest dich in Acht nehmen, Evan. Nichts ist auf dieser Insel so, wie es scheint.«

»Wie meinst du das?«, frage ich sie stirnrunzelnd. Habe ich irgendetwas nicht mitbekommen?

Doch sie zuckt nur mit den Schultern und verschwindet nun endgültig aus meinem Schlafzimmer. Ich folge ihr nicht. Wahrscheinlich wollte sie sich nur wichtig machen und doch noch mein Interesse an ihr wecken.

Als ich mich gerade hinlegen will, um diesen furchtbaren Tag endlich hinter mir zu lassen, kündigt mein Handy eine Textnachricht an. Es ist Max. Das Treffen mit Harrison soll schon morgen Abend stattfinden. Seufzend frage ich mich, wer noch auf diese Insel kommen will, um mir meine Laune zu verderben. Doch ich bestätige den Termin. Immerhin geht es hier um das Wohl meiner Firma.

22

SERAPHINA

Den ganzen gestrigen Tag konnte ich an nichts anderes denken, als an Evan und dieses wunderschöne Model. Das mit uns ist noch so frisch und wir hatten gar keine Gelegenheit, um darüber zu reden, was zwischen uns passiert ist. Wer weiß, ob er es genauso sieht wie ich. Vielleicht war ich für ihn auch nur ein willkommener One-Night-Stand, da er auf dieser Insel keine andere Möglichkeit hat, sich auszutoben. Zwar hatte ich das Gefühl, er würde es ernst meinen, aber nach dem Vorfall mit Greg und dieser Frau zweifle ich an meiner Menschenkenntnis, was das anbelangt. Außerdem gehört wohl mehr als nur eine gemeinsame Nacht dazu, um einer derart attraktiven Frau, wie es Melanie nun mal ist, zu widerstehen. Vor allem, da sie auch noch bei ihm übernachten soll.

Gleichzeitig ist es bei mir nicht anders. Greg soll

diese Nacht ebenfalls in meiner Villa verbringen und ich käme im Traum nicht auf die Idee, deshalb über ihn herzufallen. Er hat sich das wohl anders vorgestellt. Schon beim gemeinsamen Schnorchelausflug hat er Annäherungsversuche gestartet und mich erneut versucht zu überreden, doch zu ihm zurückzukehren. Aber ich habe ihm eine klare Abfuhr erteilt.

Aus diesem Grund habe ich den gestrigen Abend auch alleine in meiner Residenz verbracht und hatte viel zu viel Zeit, um mir über Evan Gedanken zu machen. Greg hat die Abweisung nicht ganz so gut verkraftet, wie ich gehofft hatte. Deshalb hat er sich nach unserem Ausflug entschuldigt und die Insel erkundet. Oder so ähnlich. Ich habe keine Ahnung, wo er sich tatsächlich herumgetrieben hat, und es interessiert mich auch nicht sonderlich. Hauptsache, er hat es endlich kapiert und sich spätnachts, als er zurück in die Villa gekommen ist, in das zweite Schlafzimmer verzogen, ohne es noch einmal bei mir zu versuchen.

Zumindest konnte ich gestern noch herausfinden, dass die beiden nur noch einen Tag bleiben, bevor sie wieder zurück nach New York fliegen. Der heutige Tag steht ihnen allerdings zur freien Verfügung. Was wiederum bedeutet, Evan und ich werden alleine sein. Trotz dieses Umstands weiß ich nicht, wie ich ihn auf letzte Nacht ansprechen soll. Ich kann ihn schließlich schlecht vor den Kameras fragen, ob er das Model flachgelegt hat. Das ginge vielleicht noch vor ein paar Tagen, aber heute sieht die Sache anders aus.

Als ich fertig angezogen mein Schlafzimmer verlasse, finde ich einen mürrischen Greg im Wohnbereich vor.

»Wollen wir frühstücken gehen?«, frage ich ihn, um einen freundlichen Tonfall bemüht. Immerhin bin ich nicht böse auf ihn. Ich will nur nicht mehr mit ihm zusammen sein.

»Von mir aus«, entgegnet er mürrisch, erhebt sich aber von der Couch und hält mir sogar die Tür auf.

»Greg, es tut mir leid. Ehrlich. Ich habe dich sehr geliebt, aber …« Ich stocke, weil ich ihm nicht schon wieder seine Untreue vorwerfen möchte.

»Schon gut. Du brauchst Zeit«, winkt er ab, bevor ich weitersprechen kann. Mein erster Instinkt ist, ihm zu widersprechen. Nein, ich brauche keine Zeit. Ich bin über ihn hinweg. Die Gefühle, die da einmal waren, sind schlichtweg nicht mehr vorhanden. Und ich bezweifle stark, dass sie jemals wieder auferstehen könnten. Schon gar nicht nach Evan. Doch ich will ihm nicht noch mehr wehtun und habe auch wenig Lust auf eine erneute Diskussion. Deshalb sage ich einfach nichts.

Als wir im Restaurant ankommen, sitzt Evan bereits an unserem Tisch. Von dem Model ist nichts zu sehen.

»Guten Morgen«, begrüße ich ihn mit einem zaghaften Lächeln und setze mich neben ihn. »Wo hast du Melanie gelassen? Muss sie sich noch von gestern erholen?« Ich stelle die Frage so, als wäre mir die Antwort egal. Als würde ich nicht darauf hoffen, dass er meine Andeutung versteht und mir erklärt, zwischen ihnen wäre nichts vorgefallen.

»Guten Morgen. Sie schläft noch«, sagt er kurz angebunden und ich befürchte das Schlimmste.

»Habt ihr …?«, kann ich es nun doch nicht lassen. Ich muss es einfach wissen. Und mir bleibt nicht viel Zeit, bevor die Medienleute hier auftauchen. Oder Greg, der sich gerade am Frühstücksbüfett bedient.

»Nein. Natürlich nicht. Dachtest du wirklich, ich würde dir das antun?«, fragt er ehrlich entsetzt und mir fällt ein Stein vom Herzen.

»Ähm … Na ja … Nein. Ich weiß es nicht. Wir hatten nur eine gemeinsame Nacht und danach noch keine Gelegenheit, miteinander zu sprechen. Ich wusste nicht, wie du dazu stehst«, sage ich ihm ehrlich.

»Sera, falls du es noch nicht bemerkt hast, ich habe mich in dich verliebt. Und auch wenn mir mein Ruf vorauseilt, so habe ich doch noch nie eine Frau betrogen, mit der ich zusammen war.« Er sieht mir tief in die Augen, als würde er um jeden Preis wollen, dass ich ihm glaube.

»Hattest du denn schon mal eine Freundin?«,

grinse ich ihn schelmisch an, bin aber doch froh über sein Geständnis. Er ist verliebt in mich. Ich könnte springen vor Freude.

»Nein«, grinst auch er mich spitzbübisch an. »Das heißt aber nicht, dass ich keine Ahnung habe, wie das mit der Monogamie funktioniert. Was war zwischen dir und Greg?«, fragt er mich fast beiläufig. Ich sehe ihm aber an, wie wichtig ihm meine Antwort ist.

»Er hat im zweiten Schlafzimmer geschlafen und zwischen uns ist nichts vorgefallen. Im Unterschied zu dir hatte ich schon mal eine Beziehung. Und ich war nie diejenige, die fremdgegangen ist«, erzähle ich ihm, woraufhin er meine Hand in seine nimmt und drückt. Mein Körper reagiert sofort, obwohl die Berührung unschuldiger nicht sein könnte.

Doch leider kann ich nicht weiter darauf eingehen, denn in dem Moment kommt Greg zu uns an den Tisch. Gefolgt von Susan und Melanie.

23

EVAN

Der gemeinsame Tag mit Seraphina lässt mich fast meinen abendlichen Termin mit Harrison für ein paar Stunden vergessen. Trotzdem bin ich immer wieder abgelenkt, da ich noch immer keinen blassen Schimmer habe, wie ich unbemerkt aus dem Hotel kommen soll. Leider fällt das auch meiner Freundin auf.

»Hey, was ist denn los mit dir? Mit den Gedanken bei dem Model in deiner Villa?«, fragt sie scherzhaft, doch ich merke ihr an, wie unsicher sie ist. Nachdem ihr Ex sie betrogen hat, fällt es ihr ganz offensichtlich schwer, einem Mann wieder zu vertrauen. Ich werde aber alles tun, was in meiner Macht steht, um ihr wieder mehr Selbstsicherheit zu geben. Und ihr vor allem die Angst zu nehmen, ich könnte sie ebenfalls betrügen. Ich müsste verrückt sein, eine Frau wie sie zu hintergehen. Sie gibt mir mehr, als mir je eine andere geben konnte.

»Tut mir leid, ich habe gerade an die Arbeit gedacht«, sage ich deshalb wahrheitsgemäß, auch wenn ich ihr den ganzen Grund nicht erzählen kann.

»Ach so, die Arbeit ...« Sie tut so, als würde sie sich darüber lustig machen, aber ihre Augen sprechen eine andere Sprache. Diese Nacht hat ihr mehr abverlangt, als ich dachte.

Ich halte ihr Kinn und zwinge sie dazu, mir in die Augen zu sehen. Sie ist so unfassbar schön mit ihrer durchtrainierten Figur, diesem knappen Bikini und den smaragdgrünen Augen.

»Sera, ich will keine andere als dich«, raune ich ihr zu. Nachdem ich mich vergewissert habe, dass die Kameraleute noch immer damit beschäftigt sind, die letzte Einstellung für heute zu finden und uns für einen Moment nicht beobachten, greife ich nach ihrer Hand und lege sie an meinen Schritt. »Spürst du, was du mit mir machst? Ich brauche dich nur anzusehen und mein Körper reagiert sofort.«

»Das liegt doch nicht an mir. Wäre irgendeine andere Frau jetzt hier ...«

»Nein«, unterbreche ich sie barsch, bevor ich in einem sanfteren Tonfall weiterspreche. »Bevor du in mein Leben getreten bist, war ich sogar von Frauen gelangweilt. Noch keine hat mich dermaßen scharfgemacht wie du, Sera.«

Während unsere Blicke noch immer ineinander verhakt sind, entferne ich ihre Hand wieder von meinem besten Stück und gebe ihr einen kleinen Kuss darauf. Ich möchte nicht, dass das hier irgendjemand mitbekommt. Außerdem sollte ich für heute Abend einen kühlen Kopf bewahren. Völlig aufgegeilt zu dem Treffen zu gehen, wäre gar keine gute Idee.

Für die letzten Aufnahmen setzen wir uns an den Strand und beobachten den beginnenden Sonnenuntergang. Was ultimativ romantisch hätte sein können, würden meine Gedanken sich nicht nach wie vor um das Treffen mit Harrison drehen. Mittlerweile habe ich zumindest eine Idee, wie ich unbemerkt aus der Anlage verschwinden kann. Doch langsam wird es Zeit für mich zu gehen, wenn ich nicht zu spät kommen will.

»Wann sind wir hier fertig?«, sage ich an einen der Kameramänner gewandt, was mir einen fragenden Blick von Seraphina einbringt.

»Die Sonne ist schon weg, also können wir einpacken«, erwidert er, sichtlich ebenfalls froh, für heute Feierabend zu haben.

»Hast du es etwa eilig?«, fragt mich Sera aber.

»Nein. Ich bin nur müde. Nicht nur du hast dir diese Nacht Gedanken darüber gemacht, was in der Villa nebenan gerade passiert«, schwindle ich sie an, obwohl es mir schwerfällt, ihr nicht einfach die Wahrheit zu sagen. Nur geht es hier um meine Firma. Bekommt zum jetzigen Zeitpunkt jemand etwas von dem Treffen mit meinem größten Konkurrenten mit, hätte das fatale Auswirkungen für mich. Genauer gesagt, könnte es mich meinen Posten kosten. Erst wenn alles unter Dach und Fach ist, dürfen auch die Medien davon erfahren.

»Wenn das so ist, sollten wir uns beeilen, zurück zu kommen«, lächelt diese unglaubliche Frau mich an und es tut mir gleich noch mehr leid, sie angelogen zu haben.

In meiner Villa angekommen, ist von Melanie keine Spur zu sehen, was mein Vorhaben nur erleichtert. Sonst hätte ich mir für sie auch noch irgendeine scheinheilige Ausrede einfallen lassen müssen. Also gehe ich schnell unter die Dusche, schlüpfe in einen Anzug und gehe zur Rezeption, wo ich mir einen Wagen bestelle. Ich bin zwar zu früh dran, aber hätte ich abgewartet, wäre die Chance, auf jemanden vom Sender zu treffen, unnötig groß gewesen. Gleich nach den Dreharbeiten verziehen sich immer alle erst auf ihre Zimmer, bevor sie ins Restaurant gehen oder anderweitig ihre freie Zeit genießen. Es ist also der perfekte Zeitpunkt. Und auch das Taxi lässt nicht lange auf sich warten.

Mein Ausbruch ist also schon einmal geglückt. Jetzt muss nur noch das Treffen reibungslos vonstattengehen und ich auch unbemerkt wieder zurückkommen. Wobei es dann schon so spät sein wird, dass das kein Problem darstellen sollte.

»Harrison«, begrüße ich meinen größten Konkurrenten, nachdem ich in dem Restaurant angekommen bin, das Max für uns ausgesucht hat.

»Chambers. Schön, Sie zu sehen. Ich will nicht lange um den heißen Brei herumreden. Sie brauchen uns und wir brauchen Sie. Doch bevor wir gemeinsam Geschäfte machen, wollte ich mich persönlich davon überzeugen, dass Sie hinter diesem Deal stehen«, erklärt er mir noch einmal, weshalb all das notwendig ist.

»Mein Geschäftspartner hat mich informiert und ich sehe keinen Grund, der gegen eine Zusammenarbeit sprechen würde. Vorausgesetzt, Sie ziehen uns nicht über den Tisch«, füge ich lächelnd hinzu. Doch mein Blick zeigt ihm, wie ernst ich es meine. Wären wir nicht in solchen Schwierigkeiten, hätte ich mich niemals darauf eingelassen. Das weiß er.

»Das wäre vielleicht noch vor ein paar Monaten interessant für mich gewesen, Chambers. Aber mittlerweile haben wir uns auf andere Gebiete fokussiert.« Bei diesen Worten horche ich auf. Wenn Harrison sein Geschäftsfeld ausweitet, dann haben wir womöglich tatsächlich nichts zu befürchten. Ich entspanne mich ein wenig und lasse mich jetzt wirklich auf dieses Gespräch ein. Alles zum Besten meiner Firma.

Am Ende bin ich erleichtert. Sofern Harrison die Wahrheit sagt, was ich von hier aus nur schwer überprüfen kann, wäre die Lösung, die Max sich hat einfallen lassen, perfekt und könnte uns sogar dabei helfen, noch größer zu werden. Sobald ich im Taxi sitze, schreibe ich meinem Geschäftspartner eine Mail, in der ich ihn darum bitte, die Details zu prüfen. Gleichzeitig gebe ich ihm mein Einverständnis, den Vertrag zu unterzeichnen, sofern alles seine Richtigkeit hat.

Nachdem all das erledigt ist, freue ich mich umso mehr auf die weiteren Tage mit Seraphina. Unsere Zeit hier auf Hawaii ist bald vorbei und ich bin gespannt, wie sich unsere Beziehung entwickelt, wenn wir wieder zurück in New York sind und jeder seinen täglichen Aufgaben nachgehen muss. Bei dem Gedanken daran kommt mir eine Idee. Ich kenne ein paar Galeristen, die immer wieder auf der Suche nach neuen Künstlern sind. Sollten Seras Bilder wirklich so gut sein, wie ich denke, werde ich ein gutes Wort für sie einlegen. Meiner Freundin wird es an nichts mehr fehlen.

24

SERAPHINA

Obwohl Evan gestern den ganzen Tag über irgendwie zerstreut gewirkt hat, bin ich doch zu dem Entschluss gekommen, ihm einfach zu vertrauen. Schließlich habe auch ich zwei Nächte mit meinem Ex in der gleichen Villa verbracht und es ist absolut nichts geschehen. Weshalb sollte das bei unseren Nachbarn also anders sein? Vor allem, da Evan mir mehrmals zugesichert hat, kein Interesse an ihr zu haben und tatsächlich mit mir zusammen sein zu wollen.

Deshalb, und weil die beiden Störenfriede heute endlich wieder abreisen, bin ich deutlich besser aufgelegt als gestern noch. Was auch Greg nicht entgeht, als ich beschwingt aus meinem Schlafzimmer hinaus in den Wohnbereich trete und ihn frage, ob wir uns auf den Weg ins Restaurant machen wollen.

»Du verbirgst deine Freude über meine Abreise nicht gerade geschickt«, brummt er mir entgegen, als wir zur Tür hinaustreten.

»Darum geht es gar nicht. Ich hab einfach nur richtig gut geschlafen«, schwindle ich ihn an.

Er sieht mich mit gerunzelter Stirn an, sagt aber zum Glück nichts weiter dazu. Stattdessen kommt er auf ein Thema zu sprechen, das ich lieber nicht mit ihm ausdiskutiert hätte.

»Du stehst auf ihn«, stellt er fest und ich muss natürlich nicht erst nachfragen, wen er meint. Trotzdem will ich meine neue Beziehung noch für mich behalten. Und schon gar nicht meinen Ex als Ersten einweihen.

»Wie kommst du darauf?«, erwidere ich deshalb, darum bemüht, mein Lächeln, das mich beim Gedanken an Evan immer automatisch überkommt, zu unterdrücken.

»Die Blicke, die du ihm zuwirfst. Früher hast du mich so angesehen«, sagt er schlicht und fast tut er mir ein bisschen leid. Sobald ich mich allerdings an die Nacht erinnere, in der er mich betrogen hat, hält sich mein Mitleid für ihn in Grenzen.

»Ich weiß nicht, wovon du sprichst. Wir drehen eine Realityshow. Dazu gehört es eben, dass wir uns daten und auch manchmal miteinander flirten.«

»Wenn du meinst. Aber pass auf, dass du nicht doch noch auf ihn hereinfällst. Du weißt, wie Evan Chambers wirklich ist.«

Nicht das schon wieder. Nur weil Evan meinem Ex einmal einen Job vermasselt hat, hält er ihn noch immer für einen Verbrecher.

»Greg. Evan kannte dich damals nicht. Vielleicht wollte er einfach einen Fotografen an Bord haben, mit dem er schon einmal zusammengearbeitet hat. Das macht ihn noch nicht zu einem schlechten Menschen«, erkläre ich ihm, obwohl ich damals sehr wohl auf Gregs Seite war. Vielleicht sollte ich Evan nicht vor ihm in Schutz nehmen, aber mittlerweile habe ich ihn besser kennengelernt. Meine Meinung über ihn hat sich seither um hundertachtzig Grad gedreht.

»Du findest es also nicht merkwürdig, dass du, seitdem das Foto von ihm veröffentlicht wurde, keinen anständigen Job mehr bekommen hast? Meiner Meinung nach gehört er in seine Schranken gewiesen. Er sollte seine Macht nicht mehr gegen Unschuldige einsetzen dürfen.«

Okay, langsam macht er mich mit seiner Sturheit echt wahnsinnig. Ich bleibe stehen, um Greg in die Augen sehen zu können.

»Wärst du glücklich, wenn jedes private Detail über dich in den Medien landen würde? Ich habe damals einen Fehler gemacht. Und zwar nicht nur, weil ich mich mit einem der einflussreichsten Männer von New York angelegt habe. Sondern weil ich in die Privatsphäre eines Menschen eingedrungen bin. Ich hätte das Foto niemals verkaufen dürfen.« Nur mühsam kann ich mich dazu zwingen, meine Stimme nicht lauter werden zu lassen. Ja, auch ich dachte lange, Evan wäre ein machtgieriger Idiot. Aber mittlerweile habe ich verstanden, was es bedeutet, auf Schritt und Tritt von Kameras verfolgt zu werden und sich für alle Taten rechtfertigen zu müssen. So viele Männer nehmen tagtäglich die Dienste von Prostituierten in Anspruch, ohne deswegen gleich in den Medien zu landen. Nur, weil Evan sich gegen solche Übergriffe wehren wollte, ist er noch lange kein schlechterer Mensch. Auch wenn ich zugeben muss, dass mir beim Gedanken daran, dass er Frauen für Sex bezahlt hat, nicht sonderlich wohl zumute ist. »Außerdem hatte ich schon davor keine anständigen Jobs, wie du es nennst«, füge ich rasch an.

»Jetzt nimmst du diesen Typen auch noch in Schutz? Bist du sicher, dass da nichts zwischen euch läuft?«

»Nein, Greg. Und selbst wenn, ginge es dich nichts an. Du hast mich betrogen und wir haben Schluss gemacht. Ich bin dir keine Rechenschaft schuldig.«

Das hat gegessen, auch wenn ich mich nicht sonderlich gut dabei fühle, ihm seinen Fehler schon wieder vorzuhalten.

»Trotzdem bist du mir immer noch wichtig, Sera. Ich bereue meinen Fehler zutiefst. Und ich hoffe, dass du dich nicht auf ihn einlässt. Du hast etwas Besseres verdient.«

Mir würde eine gute Antwort darauf einfallen, behalte sie allerdings für mich. Greg meint es ehrlich. Er ist besorgt um mich. Und ich möchte ihm weder die Wahrheit sagen noch länger diskutieren. Deshalb nicke ich und lächle ihn an, um ihm zu signalisieren, dass alles in Ordnung ist.

Als wir kurze Zeit später das Restaurant betreten, sind wir die Ersten. Weder von den Medienleuten noch von Evan und Melanie ist irgendetwas zu sehen. Schade, ich hatte gehofft, durch die Anwesenheit der anderen einem weiteren Streitgespräch mit Greg entkommen zu können. Doch der scheint ebenfalls nicht daran interessiert zu sein, das Thema von vorhin noch einmal aufzunehmen. Stattdessen geht es schnurstracks zum Büfett und belädt mal wieder seinen Frühstücksteller mit allerlei Leckereien. Da ein aufregender Tag mit Evan vor mir liegt, beschließe ich spontan, es ihm gleichzutun. Es kann schließlich nicht schaden, ein wenig Energie zu tanken. Vor allem, da ich heute noch einiges mit meinem Freund vorhabe, bei dem die Kameras nichts zu suchen haben.

Nachdem wir aufgegessen haben, sind wir noch immer alleine, was mir langsam etwas merkwürdig vorkommt.

»Hat sich Susan bei dir gemeldet? Hast du eine

Ahnung, wo die alle stecken?«, frage ich Greg, doch der zuckt nur ahnungslos mit den Schultern.

»Komisch«, sage ich mehr zu mir selbst als zu meinem Ex.

»Bei Chambers kann ich mir schon vorstellen, wo er ist. Wer weiß, vielleicht hat er Susan und Melanie zu einem Dreier überreden können«, antwortet er mir trotzdem und ich rolle genervt mit den Augen.

»Und die Kameramänner? Die filmen das Ganze, oder wie?«, sage ich eingeschnappt.

»Ein sicher lukrativer Zusatzverdienst«, spöttelt Greg und zieht sein Handy aus der Hosentasche. »Hier. Da du mir sonst offensichtlich nicht glaubst, was dieser Chambers für ein Typ ist.« Er hält mir das Telefon dicht vor die Nase. Im ersten Augenblick will ich es einfach wegschieben, doch dann erstarre ich. Auf dem Display ist ein Foto von Evans Schlafzimmer zu sehen. Melanie liegt nackt in seinem Bett, während er sich über sie beugt.

»Woher hast du das?«, frage ich Greg, die Übelkeit, die in mir hochkommt, unterdrückend.

»Als ich an meinem ersten Abend hier spazieren gegangen bin, habe ich zufällig Licht in der Villa nebenan gesehen.«

»Und da dachtest du dir, du riskierst einfach mal einen Blick in ein fremdes Schlafzimmer?«, funkle ich ihn wütend an.

»Hey …« Er hebt beschwichtigend seine Arme. »Ich bin nur der Bote.«

Tränen schießen mir in die Augen. Er hat recht. Diesmal trifft ihn keine Schuld. Und hätte er dieses Foto nicht gemacht, hätte ich nie davon erfahren. Denn mein angeblicher Freund hat mir eiskalt ins Gesicht gelogen, als ich ihn gefragt habe, ob mit dem Model irgendwas gelaufen ist. Wahrscheinlich hat er auf ein paar schöne letzte Tage gehofft. Die kann ihm Melanie nur schwer selbst versüßen, wenn sie heute abreist. Das ist auch der Grund dafür, weshalb er vor den Kameras auf Abstand gehen wollte. Er hatte nie vor, unsere Beziehung öffentlich zu machen.

25

EVAN

Ein Blick auf die Uhr meines Handys verrät mir nicht nur, dass ich verschlafen habe, ich habe auch über zwanzig Anrufe in Abwesenheit und etliche Mitteilungen bekommen. Genervt stehe ich auf, um mir erst einmal eine kalte Dusche zu gönnen, bevor ich mich der Flut an Nachrichten widme. Irgendetwas muss passiert sein. Und egal, worum es sich handelt, ich kann erst richtig damit umgehen, wenn ich halbwegs bei mir bin. Keine Ahnung, weshalb ich heute Morgen derart unausgeschlafen bin. Vermutlich hat mich das Treffen mit Harrison mehr gestresst, als ich mir eingestehen wollte. Auch wenn am Ende doch noch alles gut ausgegangen ist.

Unter der Dusche muss ich an Seraphina denken, wie sie mir ihren knackigen Po entgegengestreckt hat und ich sie genau hier genommen habe.

Mein Schwanz reagiert sofort und ich bin froh, sie heute endlich wieder für mich zu haben. Dass der Sender Melanie und Greg hat einfliegen lassen, finde ich nach wie vor unnötig. Es war eine reine Zeitverschwendung. Zeit, die ich mit Sera hätte verbringen können.

Erst als ich fertig angezogen bin, nehme ich wieder mein Handy in die Hand und höre die Nachrichten ab, die Max mir hinterlassen hat. Ich traue meinen Ohren kaum. Deshalb scrolle ich schnell durch die Mitteilungen, in denen er mir Zeitungsausschnitte und Links zu Onlineartikeln geschickt hat. Es ist tatsächlich wahr. Seraphina hat mich hintergangen.

Doch zu meiner Verwunderung kommt nicht die allbekannte Wut in mir hoch. Nein, stattdessen spüre ich einen Schmerz in meiner Brust, der mir bisher unbekannt war. So fühlt es sich also an, wenn man von einem Menschen, den man liebt, verraten wird. Das ist, wie ich feststelle, wesentlich unangenehmer als der Zorn, den ich sonst in solchen Situationen verspüre.

Deshalb lese ich mir einen Artikel nach dem anderen ganz genau durch. Und tatsächlich, es funktioniert. Langsam, aber sicher macht sich das mir vertraute Gefühl breit und gewinnt nach und nach die Oberhand.

Jeden der Artikel ziert das gleiche Foto von mir und Harrison. Wir sitzen gemeinsam in dem

Restaurant, in dem wir uns gestern getroffen haben, und schütteln uns lachend die Hände. Auf dem Bild sieht es tatsächlich so aus, als würden die dazugehörigen Berichte stimmen. Als würde ich gemeinsame Sache mit dem Feind machen, um bei ihm einzusteigen und dabei meine eigene Firma zu opfern, die mir zu lästig geworden ist. Das ist gar nicht gut.

Schnell wähle ich Max' Nummer, um zu retten, was noch zu retten ist. Immerhin hat er dieses Treffen für mich vereinbart. Er weiß genau, weshalb ich dort war, und kann das bestimmt auch dem Vorstand erklären.

»Evan, was hast du dir dabei gedacht?«, tönt Max' Stimme nach nur einmal Läuten durch die Leitung.

»Ich habe das getan, was du mir empfohlen hast. Mich mit Harrison getroffen, um einen Deal für uns klarzumachen. Einen, der unserer Firma bei ihrem aktuellen Problem hilft, von dem du mir erzählt hast«, erwidere ich, da ich absolut nicht verstehe, weshalb er so reagiert. Dieses Treffen war schließlich seine Idee.

»Ich wollte, dass du ihn um Hilfe bittest. Nicht, dass du gemeinsame Sache mit ihm machst.«

»Was? Wie kommst du darauf? Du wirst doch diesen stumpfsinnigen Artikeln nicht glauben. Hättest du diesen Deal nicht als einzigen Ausweg vorgeschlagen, wäre ich niemals auf die Idee gekommen, mich überhaupt mit Harrison zu treffen. Frag ihn doch selbst. Er wird dir bestätigen, was wir ausgemacht haben«, schlage ich vor.

»Das habe ich bereits. Er bestätigt die Aussage der Medien.«

»Dann wurde ich offensichtlich reingelegt. Max, du kennst mich. Ich würde nie irgendetwas tun, das meiner eigenen Firma schadet.«

Jetzt bettle ich schon meinen Geschäftspartner an. Weit ist es mit mir gekommen. Ich wusste doch, weshalb ich bisher niemanden näher an mich rangelassen habe. Dadurch macht man sich nur angreifbar.

»Ach nein? Und was war mit dem Foto, das Ms. Reed damals von dir gemacht hat? Anscheinend legt sie es darauf an, dich reinzulegen.« Er betont das letzte Wort so, dass klar ist, wie wenig er mir gerade glaubt.

»Ja, gut, das war dumm von mir. Trotzdem habe ich meine Firma nicht verraten. Ich habe gestern genau das getan, was du von mir verlangt hast. Du hattest doch selbst mit Harrison gesprochen und mir erzählt, er wäre einverstanden mit deinem Lösungsvorschlag«, erinnere ich ihn an seine eigenen Worte.

»Richtig. Jetzt behauptet er allerdings, du hättest ihm bei eurem Treffen ein besseres Angebot gemacht.«

»Dann hat er mich eben reingelegt. Ich habe dir alles geschickt, was ich tatsächlich mit ihm besprochen habe. Weshalb hätte ich das tun sollen, wenn ich eine andere Abmachung mit ihm getroffen habe? Ich hätte dir auch einfach erzählen können, der Deal wäre geplatzt.«

Für ein paar Sekunden herrscht Stille in der Leitung. Max lässt sich meine Worte offenbar durch den Kopf gehen. Mir bleibt nur zu hoffen, er glaubt mir. Denn ohne seine Hilfe habe ich beim Vorstand aufgrund der Sachlage keine Chance. Er muss ihnen sagen, wie es tatsächlich abgelaufen ist.

»Also gut, Evan. Ich glaube dir. Aber du musst sofort zurück nach New York kommen, um diese Sache zu klären. Der Vorstand ist außer sich. Lange kann ich sie nicht besänftigen.«

»In Ordnung«, sage ich, bevor ich auflege. Aber vorher habe ich noch etwas zu erledigen.

26

SERAPHINA

Gerade als ich beginne zu realisieren, was das Foto, das Greg mir auf seinem Handy gezeigt hat, bedeutet, stürmt Evan in das Restaurant. Gefolgt von einer aufgeregten Susan, die ihn aufhalten will. Ich springe von meinem Stuhl auf, um ihm ordentlich die Meinung zu sagen, doch er kommt mir zuvor.

»Wie konntest du nur, Sera? Ich habe dir vertraut. Ich dachte, du hättest dich geändert. Und dann fällst du mir derart in den Rücken? Hast du eine Ahnung, was dieses Foto für Konsequenzen für mich hat?«, giftet er mich an und ich kann nicht anders, als ihn anzustarren.

Ist das sein Ernst? Er betrügt mich mit diesem einfältigen Model und stellt mich jetzt als die Schuldige hin? Dass er auch noch denkt, ich hätte das Foto gemacht, bringt das Fass zum Überlaufen.

Aber ich werde den Teufel tun und ihn darüber aufklären. Meiner Meinung nach hat er es nicht anders verdient. Auch wenn ich das Bild damals nicht hätte veröffentlichen sollen, so sehe ich jetzt keinen Grund mehr, weshalb Greg sich in dieser Hinsicht zurückhalten sollte. Und offensichtlich hat er es bereits den Medien zugespielt. Weshalb sollte sich Evan sonst so aufregen? Diesmal ist es aber etwas anderes. Es betrifft nicht nur ihn, sondern auch mich.

»Weißt du was, Evan? Es ist mir egal, was aus dir und deiner Firma wird. Du hast es nicht anders verdient«, sage ich, um eine möglichst hart klingende Stimme bemüht.

Ohne eine Antwort von ihm abzuwarten, gehe ich einfach an ihm vorbei. Ich beeile mich, das Hotel zu verlassen, und erst als ich bei meiner Villa ankomme, erlaube ich mir, langsamer zu werden und meinen Tränen freien Lauf zu lassen.

Als wäre es nicht schlimm genug, dass er mich nach so kurzer Zeit schon betrogen hat. Ich meine, ganz ehrlich, er hätte nur zwei lächerliche Nächte ohne Sex auskommen müssen. Aber nicht einmal das war ich ihm wert. Kaum hat sich ihm die erste Möglichkeit geboten, hat er sie ergriffen. Dann aber auch noch die Frechheit zu besitzen und mich anzuschnauzen, ist die Höhe. Offenbar habe ich mich in den letzten Tagen hier auf dieser Insel von seinem Charme blenden lassen und übersehen, was für ein

Mann er wirklich ist. Einer, der nur auf seinen eigenen Vorteil bedacht ist und sich alles so dreht, wie er es gerade braucht.

Ich werfe mich bäuchlings auf mein riesiges Bett, das zu meinem Leidwesen genauso aussieht wie das, das in Evans Villa steht und in dem wir den besten Sex meines Lebens hatten. In dem er mich außerdem betrogen hat. Ein erneuter Anfall an Tränen überkommt mich. Ich senke meinen Kopf in das weiche Kissen und lasse alles raus.

»Hey, kann ich irgendwas für dich tun?«, vernehme ich irgendwann Gregs Stimme. Keine Ahnung, wie lange ich so dagelegen habe. Es können ein paar Minuten oder auch mehrere Stunden gewesen sein. Ich habe mein Zeitgefühl komplett verloren. Zumindest haben die Tränen mittlerweile etwas nachgelassen.

»Ja, bring mich nach Hause«, antworte ich schniefend. Dabei ist mir leider nur allzu bewusst, dass ich einen Vertrag unterschrieben habe und aus der Sache nicht so einfach rauskomme.

Mitleidig sieht mein Ex mich an. Obwohl es guttut, nicht mehr alleine sein zu müssen, hätte ich mir doch einen anderen Menschen an meiner Seite gewünscht. Nicht ausgerechnet einen der beiden Männer, die mich betrogen haben.

»Wie es aussieht, kann ich das sogar«, sagt Greg mit sanfter Stimme.

Neugierig richte ich mich in dem Bett auf und

sehe ihn an.

»Wie meinst du das?«

»Nun ja, sie können keine Show drehen, wenn einer der beiden Darsteller fehlt, nicht wahr?«

Noch immer irritiert, warte ich darauf, dass er weiterspricht. Er seufzt, bevor er sich zu mir beugt und beruhigend eine Hand auf meine legt.

»Evan ist abgereist. Susan ist zwar nicht begeistert, aber die Umstände erlauben wohl trotz Vertrag einen Abbruch der Dreharbeiten.«

Ich weiß nicht, ob ich mich freuen oder gleich wieder losheulen soll. Evan ist also weg. Er ist einfach so gegangen, ohne sich von mir zu verabschieden. Aber was habe ich erwartet? Dass der Mann, der sich gerade noch mit einer anderen Frau vergnügt und mich angeschrien hat, plötzlich vor mir steht und um Verzeihung winselt?

Selbst wenn, was hätte ich dann getan? Ihn freudestrahlend zurückgenommen? Wohl kaum. Obwohl sein Betrug mich mehr verletzt, als es Gregs jemals getan hat, könnte ich ihm niemals wieder vertrauen. Es hat keinen Sinn. Das mit Evan und mir ist vorbei. So schön die Zeit auch gewesen ist. Jetzt stehe ich ohne Freund und ohne Job da. Das alles nur, weil ich es nicht über mich gebracht habe, diesen Kotzbrocken, der er offensichtlich wirklich ist, zu verraten. Dafür habe ich meine Freunde mit hineingezogen.

»Greg, ich muss dir etwas sagen«, setze ich an,

ihm alles zu gestehen, kann ihm dabei aber nicht in die Augen sehen. »Ich wurde von jemandem beauftragt, Fotos von Chambers zu machen. Belastende Fotos, die seine Karriere zerstören würden. Ich … Dieser Typ … Er hat mir gedroht. Er meinte, ich würde nie wieder einen Job bekommen, wenn ich es nicht tue. Zuerst habe ich abgelehnt, aber dann …«

»Ja?«, ermuntert er mich, weiterzusprechen.

»Er wollte auch Paula und dich mit hineinziehen. Er sagte, wenn ich es nicht tue, zerstört er uns alle. Aber … Greg, ich konnte es einfach nicht.«

Schon wieder fließen mir Tränen die Wangen hinab. Diesmal nicht, weil Evan mich betrogen hat, sondern weil ich für ihn meine Freunde geopfert habe.

»Pscht … Ist schon gut, Sera. Beruhig dich.«

Verzweifelt sehe ich ihn an.

»Ich wollte das nicht. Wirklich. Es tut mir so leid.«

»Uns wird nichts passieren, Sera«, sagt Greg mit fester Stimme. Oh, wenn ich ihm doch nur glauben könnte.

»Doch, ich kann leider nichts gegen ihn unternehmen. Ich weiß noch nicht einmal, wer er ist. Ich hätte von Anfang an zur Polizei gehen sollen«, schniefe ich.

»Sera …«, setzt mein Ex an, etwas zu sagen, aber ich greife nach seinem Oberarm und sehe ihn eindringlich an.

»Ich hätte mich wie ein Verbrecher gefühlt, wenn ich es getan hätte, Greg. Es ist nicht richtig, die eigene Karriere vor die eines anderen zu stellen. So ein Mensch will ich nicht sein. Ich wäre nicht besser als Chambers und könnte nicht mehr in den Spiegel schauen. Es tut mir so leid«, beteuere ich noch einmal. Auch Paula werde ich noch beichten müssen, was auf uns zukommt.

»Wer weiß, Sera. Er denkt doch, du hättest das Foto von ihm und Melanie gemacht. Vielleicht genügt das, um auch diesen mysteriösen Typen zufriedenzustellen«, versucht er, mich weiter zu beruhigen, und für einen kurzen Augenblick keimt zumindest ein bisschen Hoffnung in mir auf. Die vergeht aber recht schnell wieder, als ich an das letzte Gespräch mit dem Kerl denke. Ich bin nicht in dieses Restaurant gegangen. Was auch immer ich dort vorgefunden hätte, es wird jedenfalls kein Foto davon geben. Ob stattdessen eines, auf dem Evan sich über eine Frau hermacht, genügt, weiß ich nicht.

»Vielleicht. Hoffen wir es. Für uns«, sage ich zögerlich, glaube aber nicht wirklich daran.

»Soll ich dir beim Packen helfen?«, wechselt Greg abrupt das Thema und ich willige ein. Im Moment ist es mir egal, ob er all die Dessous entdeckt, die ich hierher mitgenommen habe. Alleine wäre ich nicht imstande, auch nur einen Finger zu heben.

27

EVAN

»Und?«, frage ich Max, als er nach einem Treffen mit dem Vorstand zu mir kommt. Um die Gemüter nicht noch weiter zu erhitzen, war es sein Vorschlag, mich zurückzuhalten und nicht selbst anwesend zu sein.

»Es sieht nicht gut aus«, schüttelt er betroffen den Kopf. »Der Vorstand will kommende Woche über deinen Ausschluss abstimmen.«

Am liebsten würde ich laut schreien. Es ist einfach zum Haareraufen. Da baue ich in jahrelanger Schwerstarbeit eine erfolgreiche Firma auf, und jetzt wollen sie mich einfach rausschmeißen, ohne dass ich auch nur irgendetwas dagegen tun könnte. Wobei, eine Sache gibt es da noch.

»Und wenn ich die Originalvideos besorge?«, frage ich Max.

Mittlerweile sind auch Videoausschnitte

meines Treffens mit Harrison veröffentlicht worden. Leider wurden die einzelnen Passagen so geschnitten, dass es tatsächlich aussieht, als hätte ich meine Firma hintergangen. Aber wenn ich an das Original komme, kann ich alles richtigstellen. Und zum Glück weiß ich genau, wo ich danach suchen muss. Immerhin steht Seraphinas Name als Hinweis auf den Fotografen unter jedem einzelnen der Bilder.

»Denkst du, sie wird sie dir einfach so aushändigen?«, fragt er mich mit einem zweifelnden Blick.

»Einen Versuch ist es wert«, sage ich bestimmt.

Als ich ein kleines Zucken in Max' Mimik wahrnehme, will ich aber noch einen anderen Verdacht ansprechen, der mir seit dem Tag, als die Fotos veröffentlicht wurden, nicht aus dem Kopf gehen will.

»Wieso hast du den Vorstand nicht sofort in deinen Lösungsvorschlag eingeweiht? Vielleicht wäre ein Treffen mit Harrison von den Medien trotzdem falsch ausgelegt worden, aber dem hätten wir offiziell gegensteuern können.«

»Ich hab dir doch gesagt, die Sache war noch zu unsicher, um den Vorstand einzuweihen. Harrison wollte ...«

»Was Harrison wollte oder nicht, ist mir gleich. Offenbar ist der Deal mit ihm sowieso geplatzt, wenn er heute nichts mehr davon wissen will. Also ist auch unsere Firma erledigt. Oder ist dir doch noch eine andere Lösung für unser Problem eingefallen?«, unterbreche ich ihn.

»Es gibt da vielleicht etwas …«

»Wie bitte? Ist das dein Ernst? Ich habe mich alleine aus dem Grund auf diesen Irrsinn eingelassen, weil ich dachte, es wäre unser einziger Ausweg. Und jetzt willst du mir erzählen, du hattest plötzlich eine Erleuchtung? Toll, nur leider zu spät für mich, wenn ich nächste Woche aus der Firma raus bin. Oder kommt dir das gerade gelegen?«, fahre ich ihn an.

»Jetzt beruhig dich erst mal. Wenn ich dich hätte rausdrängen wollen, würde ich mich nicht beim Vorstand für dich einsetzen. Vielleicht finden wir noch einen Weg, deinen Rauswurf abzuwenden. Du hast doch gerade selbst gesagt, du willst dieses Video besorgen. Das wäre doch die perfekte Lösung. Dein Ruf ist wieder reingewaschen und mit meiner Idee können wir gemeinsam die Firma retten. Die Stolpersteine wären aus dem Weg geräumt und alle sind wieder glücklich.«

Ich schenke ihm einen bösen Blick, der meinen Unmut sowie mein Misstrauen ausdrücken soll. Aber am Ende habe ich keine andere Wahl, als mich auf ihn zu verlassen. Außerdem ist es unrealistisch, dass er mich unter einem Vorwand zu dem Treffen gelotst hat. Immerhin war Seraphina es, die die Aufnahmen von uns gemacht hat, während sich

Max meilenweit entfernt um unsere Firma gekümmert hat.

»Hey, wenn du willst, statte ich dieser Fotografin einen Besuch ab und versuche, an die Dateien zu kommen«, macht er einen Vorschlag, der mich besänftigen soll.

»Nein. Um Seraphina Reed kümmere ich mich«, sage ich scharf. Sie wird noch ihr blaues Wunder erleben. Sobald die Dateien in meinem Besitz sind und ich meine Position in der Firma gerettet habe, werde ich diesmal nicht davon absehen, sie zu verklagen.

»Hältst du das wirklich für eine gute Idee? So wie du im Moment drauf bist, wirst du sie eher einschüchtern als überzeugen. Und ich denke nicht, dass das der richtige Weg ist, damit sie ihre Schuld eingesteht.«

»Da diese Frau offensichtlich keinerlei Skrupel hat, sind Drohungen vermutlich die einzige Sprache, die sie versteht«, sage ich durch zusammengepresste Zähne.

Okay, in einem hat Max wahrscheinlich recht. Bevor ich Seraphina aufsuche, sollte ich mich etwas beruhigen. Sonst kann das verheerende Folgen haben.

»Ich mein ja nur. Wie ich dich kenne, drohst du ihr gleich damit, sie zu verklagen. Dabei wäre es bestimmt wirkungsvoller, ihr das zu bieten, was sie so offensichtlich will. Ein Sprungbrett für ihre

Karriere.« Max lässt nicht locker. Wie es aussieht, macht er sich tatsächlich Sorgen, ich könnte dieses Vorhaben vermasseln. Vielleicht ist er doch nicht so ein treuloser Geschäftspartner, wie ich angenommen habe. Oder aber er will, dass ich genau das denke. Ach herrje, da hintergeht mich einmal eine Frau, und ich zweifle sofort an meiner Menschenkenntnis. Fakt ist, ich habe keine Ahnung, wem ich gerade trauen kann und wem nicht. Und für mich steht zu viel auf dem Spiel, um mir einen Fehler leisten zu können.

»Also gut«, sage ich deshalb. »Wann willst du zu ihr gehen?«

»Ich erledige das gleich morgen. Du wirst sehen, mit den richtigen Anreizen wickle ich sie schneller um den Finger, als du das Wort Klage aussprechen kannst.« Max wirkt zufrieden mit sich und schenkt mir ein verschwörerisches Grinsen. Ich steige darauf ein. Allerdings nicht, weil ich mich so sehr über seine Hilfe freue, sondern weil ich einen eigenen Plan habe, um mich wieder ins Spiel zu bringen.

28

SERAPHINA

Genervt rolle ich mit den Augen. Paula redet auf mich ein, ich solle endlich einen Blick in die Nachrichten werfen. Dabei ist das genau die Sache, die ich am allerwenigsten will. Ich werde mich doch nicht selbst quälen, indem ich mir noch mehr Fotos von Evan und Melanie ansehen.

»Aber jetzt hör doch mal zu ...«, setzt sie schon wieder zu einem Versuch an.

»Nein, Paula. Evan Chambers ist für mich gestorben. Ganz egal, was da jetzt in den Zeitungen über ihn geschrieben wird. Bestimmt hat er sich mit irgendeiner lächerlichen Ausrede aus der Affäre gezogen und wird nun wieder dafür gefeiert, welch grandioser Geschäftsmann er doch ist.«

»Ganz im Gegenteil. Angeblich verliert er seine

Firma«, wirft Paula ein und für einen kurzen Moment stutze ich nun doch.

»Was?«, kommt es ein bisschen zu scharf aus mir heraus.

»Der Vorstand will ihn hinauswerfen«, erklärt sie weiter.

Das verstehe ich nun wirklich nicht. Okay, er hatte Sex mit einer Frau, die nicht seine Freundin ist. Allerdings wusste auch noch niemand, dass er überhaupt eine Freundin hat. Oder hatte. Immerhin habe ich wohl mehr als deutlich gemacht, wie wenig ich an der Fortsetzung unserer Beziehung interessiert bin. Aber ihn deshalb gleich aus der Firma werfen? Das finde sogar ich etwas übertrieben.

»Wie auch immer«, winke ich allerdings ab, da ich keine Lust habe, mir weiterhin Gedanken über Evans Karriere zu machen.

Ich muss jetzt an meine eigene denken. Obwohl sich dieser ominöse Typ, der mir den Auftrag erteilt hatte, Evan in einer prekären Situation zu fotografieren, nicht mehr bei mir gemeldet hat, weiß ich nicht, wann er seine Drohung wahr machen möchte. Deshalb will ich für den Fall der Fälle vorsorgen und bin gerade dabei, die Fotos von der Party in Chambers Haus zu bearbeiten. Zwar tut es weh, bei jedem einzelnen Bild wieder an jenen Abend erinnert zu werden, an dem uns das Schicksal, oder eigentlich diese Wahrsagerin, zusammengeführt hat. Aber da muss ich jetzt eben durch.

»Sera, es ist wirklich nicht so …«

»Nicht so, wie ich denke? Du hörst dich schon an wie Greg, als ich ihm auf die Schliche gekommen bin. Dabei bist noch nicht einmal du diejenige, die mich betrogen hat, sondern Evan. Wieso setzt du dich überhaupt so für ihn ein?«, frage ich sie, als es gerade an der Tür klingelt.

»Das ist sicher die Post. Kannst du bitte gehen? Ich bin gleich fertig mit diesem Foto«, deute ich hinter mich, wo sich meine Schlafzimmertür befindet.

»Hatte er mein Paket dabei?«, frage ich, als ich Paula wieder ins Zimmer kommen höre.

»Nein, aber ich denke, du hast etwas, das mir den Hals retten kann«, höre ich eine mir allzu bekannte Stimme erwidern, die aber leider nicht meiner besten Freundin gehört.

Erschrocken drehe ich mich um. Da steht tatsächlich Evan in meinem Türrahmen und funkelt mich böse an.

»Was willst du hier?«, fahre ich ihn an, nachdem ich mich von dem ersten Schock erholt habe. »Wieso hast du ihn reingelassen?«, frage ich an Paula gewandt.

»Ich … Ich …«, stottert sie nur und Evan fährt dazwischen.

»Du weißt genau, wieso ich hier bin. Wo ist die Speicherkarte, auf der sich das Video befindet?«

»Ach, es gibt auch noch ein Video davon, ja? Nun, so leid es mir tut, aber ich stehe nicht darauf, mir Derartiges anzusehen. Noch dazu mit meinem Ex in der Hauptrolle. Außerdem bist du bei mir falsch. Die Bilder sind bei Greg. Wenn du sie für deine Privatsammlung willst, wirst du dich an ihn wenden müssen. Und jetzt verlasse bitte sofort meine Wohnung«, rede ich mich in Rage und denke nicht einmal daran, ihn noch mal zu Wort kommen zu lassen.

Ich springe von meinem Stuhl auf und packe ihn am Arm, um ihn rauszuwerfen. Aber natürlich ist er viel stärker als ich und entzieht sich mir sofort.

»Wenn das so ist, werde ich mich an deinen Ex wenden. Dass du ausgerechnet mit ihm gemeinsame Sache machst, nachdem wir ...« Evan fährt sich mit der Hand über sein Gesicht und schüttelt leicht den Kopf. »Ich hätte dir mehr Charakter zugetraut. Schade, dass ich mich so in dir getäuscht habe«, sagt er fast schon unheimlich ruhig, bevor er sich endlich abwendet und in Richtung Tür geht.

Ich laufe ihm ein paar Schritte nach. »Du hättest mir mehr Charakter zugetraut? Ich war nicht diejenige, die sich bei der erstbesten Gelegenheit umorientiert hat«, schreie ich, doch es ist zwecklos. Er hat die Tür bereits hinter sich zugeworfen. Nun, zumindest konnte ich so meinen Frust rausschreien.

Als ich zurück in mein Schlafzimmer gehe, finde ich Paula auf meinem Bett sitzend vor.

»Was hast du dir dabei nur gedacht?«, frage ich erschöpft.

»Ich dachte, es wäre gut, wenn ihr miteinander redet. Aber scheinbar seid ihr beide unendliche Sturköpfe und könnt dem anderen nicht zuhören.«

»Was sollte ich mir von ihm denn noch anhören? Irgendwelche fadenscheinigen Entschuldigungen? Darauf habe ich keine Lust. Er hat mich betrogen, Paula. Ich will nie wieder etwas mit ihm zu tun haben.«

»Wenn du dir da so sicher bist …«

»Bin ich.« Und da wir schon dabei sind zu streiten, fasse ich mir ein Herz und weihe sie endlich in mein kleines Geheimnis ein. »Es gibt da noch etwas, das du wissen solltest«, fange ich an und erzähle ihr die ganze Geschichte. Angefangen bei dem Tag, als dieser widerliche Kerl vor meiner Tür stand und mir quasi die Pistole an die Brust gesetzt hat, bis hin zu der Tatsache, dass ich es einfach nicht übers Herz gebracht habe, Evan etwas so Widerliches anzutun.

Als ich meine Ausführungen beendet habe, sieht Paula mich nachdenklich an.

»Es tut mir so leid. Wenn du wegen mir keinen Job mehr bekommst …« Schon wieder laufen mir Tränen über die Wangen.

Meine beste Freundin kommt auf mich zu und nimmt mich, zu meiner Verwunderung, in den Arm.

»Das wird nicht passieren, Sera«, sagt sie mit sanfter Stimme.

Ich löse mich von ihr und sehe sie eindringlich an.

»Paula, dieser Mann hat nicht so ausgesehen, als würde er scherzen.«

Sie geht auf mein Bett zu und greift nach ihrer Handtasche, die sie dort am Boden platziert hat. Als sie sich wieder umdreht, hat sie eine Zeitung in der Hand.

»Ich hab dir doch gesagt, dass ich die Bilder nicht noch einmal sehen möchte«, sage ich leicht genervt, halte mich aber davon ab, schon wieder mit den Augen zu rollen. Immerhin habe ich ihr gerade gestanden, dass ihre Karriere wegen mir vermutlich vorbei ist, bevor sie so richtig begonnen hat.

»Sieh es dir trotzdem an«, sagt sie und hält mir die Zeitung entgegen.

Was ich dort sehe, ist ganz und gar nicht das, was ich erwartet hatte. Eilig lese ich mir den Bericht durch, zu dem das Foto mit Evan und einem gewissen Mr. Harrison gehört. Als ich fertig bin, sehe ich meine Freundin geschockt an.

»Ich habe das nicht getan«, sage ich zu ihr und sie nickt.

»Das dachte ich mir schon. Deshalb wollte ich auch, dass du mit Evan sprichst.«

»Nein«, kommt es schärfer aus mir heraus, als ich beabsichtigt hatte. »Er hat mich trotzdem betrogen«, sage ich schon etwas sanfter und erneut rinnen mir Tränen die Wangen hinab. Ach je, kann das nicht endlich mal aufhören. Ich bin doch sonst nicht so nahe am Wasser gebaut.

»Schon. Oder, vielleicht. Um ehrlich zu sein, bin ich mir nicht so sicher, ob Greg das Foto nicht irgendwie manipuliert hat. Er war eifersüchtig …«

»Das war ein Handyfoto. Und ich habe es gesehen. Es war echt.«

Paula nickt, um mir zu signalisieren, dass sie darüber nicht mit mir diskutieren wird. Wenn ich dieser Meinung bin, redet sie sie mir bestimmt nicht aus.

»Trotzdem sollte Evan nicht glauben, dass du dafür verantwortlich bist, dass er seine Firma verliert.«

»Er hat mich hintergangen. Was stört es da schon, wenn er das Gleiche von mir denkt? Ehrlich, Paula, es ist mir egal. Soll Evan Chambers doch denken, was er will. Wer auch immer dieses Foto tatsächlich gemacht hat, und ich sage nicht, es ist richtig, so etwas zu tun, hat jedenfalls dafür gesorgt, dass wir aus dem Schneider sind. Außerdem hat Evan vorhin irgendwas von Videos gesagt. Wenn sogar die seine Schuld beweisen, dann wird schon was Wahres an der Sache dran sein.«

Ich sage das recht überzeugt, obwohl ich selbst

nicht sicher bin, ob ich dem Artikel glauben soll. So hätte ich Evan nicht eingeschätzt. Aber gut, das will nichts heißen. Ich hätte schließlich auch nicht gedacht, dass er mich betrügen würde. Auch Paula sieht nicht gerade überzeugt aus. Trotzdem geht sie nicht weiter auf das Thema ein und wir widmen uns wieder anderen Gesprächen. Obwohl meine Gedanken immer wieder abdriften und ich mir die Frage stelle, ob ich Evan vielleicht doch auf ganzer Linie unrecht tue.

29

EVAN

Irgendetwas kam mir an Seraphinas Ausbruch merkwürdig vor. Also, außer der Tatsache, dass sie wütend auf mich ist, obwohl ich derjenige bin, dem böse mitgespielt wurde. Aber wie sie sich ausgedrückt hat. Dann hat sie auch noch so getan, als wüsste sie nichts von einem Video. Für wie blöde hält sie mich? Immerhin haben die Medien ihren Namen als Urheber angegeben. Abstreiten und Leugnen bringt da wohl nichts mehr.

Egal, ich habe jetzt anderes zu tun, als mich mit Seraphinas Sprache auseinanderzusetzen. Ich muss diesen Greg finden. Nur leider fällt mir außer Sera nur ein Mensch ein, der seine Adresse haben könnte. Und der wird mir diese Information nicht ohne Gegenleistung überlassen. Trotzdem. Das ist viel zu wichtig, als mich jetzt zurückzuhalten. Ich greife nach meinem Handy und wähle die Nummer.

»Susan, ich brauche dringend die Nummer von Greg ...« Da fällt mir ein, dass ich seinen Nachnamen gar nicht weiß. »Von Seraphinas Ex, den du nach Hawaii geholt hast«, sage ich stattdessen.

»Guten Tag, Evan. Nun, ich kann dir nicht einfach so irgendwelche Adressen geben. Das verstößt gegen unsere Datenschutzrichtlinien.«

Genau, als würde sie sich immer so genau an alle Regeln halten. Ich stöhne genervt auf.

»Was willst du?«

»Mir würde da schon einiges einfallen ...«, sagt sie mit einem flirtenden Unterton. Doch diesen Gefallen werde ich ihr sicher nicht machen.

»Für sexuelle Gefälligkeiten bin ich nicht zu haben«, stelle ich in einem Ton fest, der endgültig ist.

»Wenn das so ist ...«, sagt sie eingeschnappt. »Wie wäre es mit einem Interview? Soweit ich weiß, hat seit der Veröffentlichung dieses Videos noch niemand eines bekommen.«

Das stimmt. Zuerst wollte ich die Sache mit meinem Vorstand klären, bevor ich öffentlich dazu Stellung nehme. Ich überlege kurz, wäge meine Möglichkeiten ab.

»Okay«, sage ich schließlich. »Wenn du mir Gregs Adresse gibst, bekommst du ein Interview von mir. Nächste Woche«, füge ich hinzu, um etwas Zeit zu gewinnen. Vielleicht kann ich die Angelegenheit bis dahin regeln. Dann käme mir ein exklusives Gespräch, das vom Sender groß angekündigt wird, gerade recht.

»Ich gebe dir zwei Tage«, sagt sie jedoch und ich habe leider keine andere Wahl, als auf ihre Forderung einzugehen.

»Also gut. Die Adresse?«

»Ich schicke sie dir per Textmitteilung«, verspricht Susan, bevor sie auflegt.

Keine fünf Sekunden später kündigt mein Handy eine Nachricht an und ich kann mich endlich auf den Weg machen, meinen Hals zu retten.

Ich brauche nur eine Viertelstunde bis zu Gregs Wohnhaus. Er lebt also nicht weit von Seraphina entfernt, was mir aus unerfindlichen Gründen unangenehm aufstößt. Zu meinem Glück ist er auch zu Hause und öffnet mir bereitwillig die Tür.

»Sieh einer an, Evan Chambers. Der gefallene Millionär. Was führt dich zu mir? Brauchst du Fotos für deinen Lebenslauf?«, macht er sich über mich lustig und lässt sich leider auch nicht von meinem berühmten bösen Blick einschüchtern.

»Ich will die Speicherkarte, auf der sich die Fotos und das Video befinden«, sage ich betont ruhig. Mir jetzt anmerken zu lassen, wie emotional ich in Wahrheit bin, ist meinem Vorhaben nicht gerade dienlich. Aber es kostet mich alle Kraft, nicht auf ihn loszugehen.

Anscheinend zieht meine Masche, denn er wird sofort kreidebleich im Gesicht. An seinem Hals erkenne ich, wie er hart schluckt. Nervös suchen seine Augen nach einer Fluchtmöglichkeit, doch weglaufen ist zwecklos, das muss selbst er einsehen.

»Ich ... Ich weiß nicht, wovon du sprichst«, stottert er, richtet sich aber gerader auf, um größer zu wirken. Vermutlich, um mir Angst zu machen. Aber da muss er schon mehr bieten.

»Seraphina hat mir gesagt, dass die Dateien bei dir sind«, sage ich wenig beeindruckt von seinem Gestammel.

»Woher weiß sie ...?«, setzt er an, spricht jedoch nicht weiter.

Okay, da ist doch irgendetwas faul. Ich komme einen Schritt näher auf ihn zu, sodass unsere Nasen sich fast berühren. Kleine Schweißperlen bilden sich auf seiner Stirn.

»Es wird Zeit, mir die Wahrheit zu sagen«, raune ich ihm zu und komme mir dabei vor wie ein Gangster, der sein Opfer zum Reden bringen will. Na ja, so ist es irgendwie auch. Nur, dass ich kein Gangster bin. Ich sehe ihm stur in die Augen, um ihm hoffentlich noch mehr Angst zu machen.

»Also gut«, stößt er nach nur wenigen Sekunden

aus. Das ging aber schnell. So flott habe ich noch nicht einmal bei den schlechtesten Verhandlungspartnern geschafft, mich durchzusetzen.

Greg fuchtelt mit seinen Händen an meinen Schultern herum, um mir zu bedeuten, einen Schritt auf die Seite zu gehen. Ohne ihn aus den Augen zu lassen, tue ich ihm den Gefallen. Er geht in das Zimmer direkt gegenüber von uns und ich folge ihm. In dem Raum steht ein großer Schreibtisch mit einem Computer und unzähligen Speicherkarten. In einer Ecke sind verschiedene Kameras aufgereiht. Greg geht zu dem Schreibtisch und nimmt einen USB-Stick in die Hand.

»Hier«, sagt er und hält ihn mir entgegen.

Misstrauisch sehe ich das Teil an.

»Das ist keine Speicherkarte«, stelle ich das Offensichtliche fest. »Ich will das Original. Und wenn möglich auch alle Kopien.«

»Mehr habe ich nicht«, sagt er und ich sehe ihm sofort an, dass er lügt.

Ich schiebe ihn zur Seite und gehe geradewegs auf seinen Computer zu. Ohne weiter darüber nachzudenken, schiebe ich den Stick in den dafür vorgesehenen Anschluss und öffne die Dateien. Was ich danach auf dem Bildschirm zu sehen bekomme, verwirrt mich total.

»Was ist das?«, frage ich Greg aufgebracht.

Da sind ausschließlich Fotos von Melanie und

mir. In meinem Schlafzimmer der Villa auf Hawaii. Auf den Bildern sieht es so aus, als würde ich mich lüstern über sie beugen, die nackt in meinem Bett liegt. Aber ich habe doch gar nicht … Oh nein. Die Aufnahmen müssen genau in dem Moment gemacht worden sein, als ich Melanie loswerden wollte. Wenn Seraphina die gesehen hat, steht zumindest fest, weshalb sie sauer auf mich ist. Aber deswegen hätte sie noch lange nicht die Fotos von mir und Harrison verkaufen müssen.

»Das sind nicht die Fotos, die ich wollte«, fauche ich ihn an. »Wo sind die Aufnahmen mit Thomas Harrison?«

Erneut wird er blass im Gesicht. Anscheinend dachte er, er könne mich mit diesen billigen Bildern abspeisen.

»Ich weiß nicht, wovon du sprichst«, sagt er schon wieder und langsam verliere ich die Geduld.

»Seraphina hat mir gesagt, dass du die Fotos hast. Also her damit. Jetzt gleich.«

»Das ist doch ein Bluff. Woher sollte Sera davon wissen?« Anscheinend wird ihm erst bewusst, was er da gesagt hat, als die Worte raus sind. Und damit hat er sich selbst verraten. Die Bilder sind also hier.

»Sie hat mich zu dir geschickt. Außerdem wird sie wohl am besten wissen, wem sie ihre Dateien anvertraut«, helfe ich ihm auf die Sprünge, doch er sieht mich noch immer irritiert an.

»Seraphina weiß nichts davon«, sagt er schließlich in einem resignierenden Tonfall und greift sich eine der Speicherkarten, die auf dem Schreibtisch liegen. Als er sie mir entgegenhält, stecke ich sie in ein Lesegerät, das an den Computer angesteckt ist. Der Ordner zeigt verschiedene Dateien und ich wähle die erste, die ein Video sein soll. Sofort erscheint ein Mitschnitt des Gesprächs, das Harrison und ich geführt haben. Diesmal allerdings ungeschnitten. Das ist, was ich gesucht habe. Trotzdem lässt mich sein letzter Satz nicht los.

»Was heißt, Seraphina weiß nichts davon?«, frage ich ihn, nachdem ich die Speicherkarte vorsorglich eingesteckt habe.

»Die Aufnahmen sind von mir. Sera hat nichts damit zu tun.«

»Du willst sie doch nur decken«, sage ich misstrauisch, doch er schüttelt den Kopf.

»Nein. Ich weiß es, wenn ich verloren habe. Wenn sie erfährt, was ich getan habe, wird sie ohnehin nichts mehr mit mir zu tun haben wollen, also kann ich das hier auch aufklären. Sie liebt dich. Zwar wird sie nie wieder etwas mit dir zu tun haben wollen, nachdem du sie mit diesem scharfen Model betrogen hat. Aber mit den Fotos hat sie nichts zu tun. Sie weiß nicht, dass ich sie gemacht habe.«

Die Informationen prasseln auf mich ein und ich versuche, sie in meinem Kopf zu ordnen. Da ist so vieles, das ich noch wissen muss.

»Woher wusstest du von dem Treffen mit Harrison?«, frage ich als Erstes.

»Ich wurde beauftragt. Eigentlich hatte Seraphina den Job, aber sie konnte es wohl nicht.« Er zuckt mit den Schultern, als würde er nicht verstehen, wie sie sich diese Gelegenheit hat entgehen lassen können.

»Von wem?«

»Das weiß ich nicht. Er hat keinen Namen genannt.«

»Hast du eine Telefonnummer?«

Greg schüttelt den Kopf. Doch irgendwie muss dieser Typ doch ausfindig zu machen sein. Da kommt mir eine Idee. Ich hole mein Handy aus der Tasche und zeige ihm ein Foto.

»War es der Kerl?«, frage ich und merke erst, als er nickt, dass ich mir gewünscht hätte, er würde meine Frage verneinen.

Max. Mein eigener Geschäftspartner hat mich reingelegt. Jetzt wird mir auch klar, weshalb er unbedingt zu Seraphina gehen und der Sache mit den Fotos nachgehen wollte. Zum Glück habe ich auf meine Intuition gehört und sie schon vorher aufgesucht. Bestimmt hätte er mir wieder nur irgendeine Lügengeschichte aufgetischt, damit ich aufhöre, weiter nach einer Möglichkeit zu suchen, die mir beim Vorstand hilft. Der kann was erleben. Schließlich habe ich die Beweise für meine Unschuld jetzt in der Hand. Und wie mir Greg aussieht, ziemlich geläutert, um ehrlich zu sein, wird er bestimmt gegen Max aussagen. Ich muss allerdings schnell handeln, damit er nicht dahinterkommt, dass ich Bescheid weiß. Und bei Seraphina muss ich mich entschuldigen. Ich kann nur hoffen, dass sie mir verzeiht, nach allem, was ich ihr vorgeworfen habe.

30

SERAPHINA

Eigentlich hatte ich gehofft, die Realityshow mit Evan würde einfach nicht ausgestrahlt werden, da es keinen richtigen Abschluss gab. Unsere Auseinandersetzung im Restaurant wurde zum Glück nicht gefilmt. Doch gestern hat sich Susan bei mir gemeldet und gemeint, ich müsse unbedingt zu einem Abschlussgespräch zum Sender kommen. Bevor ich zugesagt habe, musste sie mir versichern, dass ich dort nicht auf Evan treffen werde. Trotzdem bin ich nervös.

Als ich Paula um ihre Unterstützung gebeten habe, hat sie irgendeinen Job vorgeschoben, den sie angeblich unter keinen Umständen verschieben kann. Nun, ich kann es ihr nicht verdenken, wenn sie nichts mehr mit der ganzen Sache zu tun haben möchte. Auch ich würde die Show und damit diesen ganzen Abschnitt meines Lebens einfach gerne vergessen. Jedenfalls bin ich dadurch auf mich alleine gestellt.

Deshalb brauchte ich auch ewig, um ein passendes Outfit auszuwählen und mich zurechtzumachen. Völlig unsinnig, wenn man bedenkt, dass mir Evan noch nicht einmal begegnen wird. Trotzdem habe ich jetzt nichts Besseres zu tun, als die ganze Zeit an meinem Rocksaum herumzunesteln, während ich im Empfangsbereich sitze und auf Susan warte. Verdammt, ich hätte doch eine Hose anziehen sollen.

»Schön, dass du es einrichten konntest, Seraphina«, kommt die Journalistin nach einer gefühlten Ewigkeit auf mich zu. »Die lange Wartezeit tut mir leid, ich musste noch ein paar ... Ach, nicht so wichtig. Wir müssen gleich los. Deinen Pass hast du mit?«, fragt sie mich und ich sehe sie verwundert an.

»Meinen Pass? Ich dachte, du willst dich nur mit mir unterhalten«, sage ich alarmiert.

»Schon. Aber auf Hawaii. Habe ich das bei unserem Telefonat nicht erwähnt?«, fragt sie mit Unschuldsmiene. Doch ich sehe ihr genau an, dass sie absichtlich vergessen hat, mich in diesen Teil des Treffens einzuweihen.

»Nein. Das hast du nicht«, erwidere ich sauer. »Wie stellst du dir das vor, Susan? Ich kann doch nicht einfach so nach Hawaii fliegen. Ich habe noch nicht einmal eine Zahnbürste mit.«

»Ach papperlapapp. Wir können dort eine

besorgen. Ich garantiere, dass es dir an nichts fehlen wird.« Wie zum Beweis dafür, dass sie es ernst meint, hebt sie ihre Hand zum Schwur.

»Wie lange werden wir dort sein? Du weißt schon, dass ich auch noch ein Leben außerhalb eurer Realityshow habe?«

»Ach, niemand wird merken, dass du überhaupt fort warst«, trällert sie fröhlich vor sich hin, während sie mich von meinem Stuhl aufscheucht. »Komm, wir haben es eilig.«

Geschlagen folge ich ihr zum Ausgang, wo bereits eine Limousine auf uns wartet, die uns zum Flughafen bringt. Doch anstatt in eine gewöhnliche Passagiermaschine zu steigen, betreten wir einen Privatjet. Durch zusammengezogene Augen sehe ich sie misstrauisch an.

»Ich hoffe doch, dass Evan nichts damit zu tun hat?«

Immerhin hat er mir bei meiner ersten Ankunft auf Hawaii erzählt, dass er mit seiner eigenen Maschine geflogen ist.

»Nein, nein«, sagt Susan beschwichtigend. »Der Sender glaubt an eure Show und lässt deshalb etwas mehr springen.«

Obwohl ich ihr diese Ausrede nicht ganz abnehme, steige ich ein. Was bleibt mir auch viel anderes übrig? Außerdem wäre es ein bisschen kleinlich, einen Flug abzulehnen, weil man seinen eigenen Jet zur Verfügung gestellt bekommen hat und nicht elf Stunden mit hundert anderen zusammengepfercht in einer Passagiermaschine verbringen muss.

An Bord ist für alles gesorgt. Wir bekommen ein köstliches Dinner serviert, werden mit Champagner verwöhnt und können aus einem deutlich besseren Filmprogramm wählen, als es bei meinem letzten Flug der Fall war.

»Vielleicht sollten wir ein bisschen schlafen. Sonst holt uns noch der Jetlag ein«, schlägt Susan vor und stellt ihren Sitz schon in die Liegeposition.

Zwar tue ich es ihr gleich, jedoch bezweifle ich, dass ich tatsächlich ein Auge zubekomme. Ich bin viel zu aufgeregt vor dem, was auf Hawaii auf mich warten wird. Auch wenn die Journalistin mir versichert hat, Evan wäre nicht vor Ort, glaube ich ihr nicht so richtig. Dieser ganze Aufwand soll nur dazu gut sein, ein Interview mit mir zu führen? Das hätte mit einer Greenbox, bei der sie einfach einen Strand im Hintergrund einblenden müssen, einfacher funktioniert.

Um die restlichen Stunden des Fluges nicht damit zu verbringen, mir den Kopf zu zerbrechen, setze ich mir Kopfhörer auf und wähle einen der Filme, die mir hier zur Auswahl stehen. Ich lehne mich zurück und versuche, zumindest ein bisschen abzuschalten.

Offenbar kam mir die letzte Nacht, in der ich wegen des Interviews so nervös war und wach in meinem Bett lag, doch noch zugute. Ich muss nämlich irgendwann während des Films tatsächlich eingeschlafen sein und werde erst von Susan geweckt, als wir uns im Landeanflug befinden. Ich wusste es doch. Sollte ich jemals unter Schlafmangel leiden, muss ich nur einen langen Flug buchen. Anscheinend schlafe ich in der Luft am besten.

»Wir sind gleich da und fahren vom Flughafen direkt in das Resort, das du schon von unserem letzten Aufenthalt hier kennst. Dir steht wieder die gleiche Villa zur Verfügung«, klärt Susan mich auf, während der Pilot sanft unsere Maschine landet.

Wohl ist mir nicht dabei, genau den Ort aufsuchen zu müssen, an dem ich Evan näher gekommen bin. Bestimmt werden mich die Erinnerungen überrollen und die Heulerei, mit der ich gerade erst aufgehört habe, überkommt mich ein zweites Mal.

»Willst du noch ein Glas Champagner?«, fragt Susan mich, nachdem wir in die Limousine eingestiegen sind, doch ich schüttle den Kopf. Vermutlich ist es besser, ich betäube meinen Verstand nicht mit Alkohol, bevor ich das Interview nicht hinter mich gebracht habe. Zwar hat Susan unseren Streit mitbekommen, aber ich bezweifle, dass sie über unsere kurze Affäre Bescheid weiß. Wahrscheinlich wird sie mich nur nach den Fotos fragen, die ab dem Tag unserer Abreise durch die Medien gegangen sind. In dem Fall werde ich einfach die Wahrheit sagen. Ich war es nicht.

Je näher wir dem Resort kommen, desto unruhiger werde ich. Als wir schließlich ankommen, schaue ich mich schon beim Verlassen der Limousine in alle Richtungen um. Hinter jeder Ecke erwarte ich Evan. Doch er ist nicht hier. Susan checkt für uns ein und übergibt mir anschließend den Schlüssel zu meiner Villa.

»Wir haben dir etwas zum Anziehen zurechtgelegt. Mach dich frisch, zieh dich um und anschließend treffen wir uns am Strand für das Interview«, instruiert sie mich, bevor sie sich selbst auf den Weg in ihr Zimmer macht.

Als ich zu meiner Villa spaziere, komme ich an so vielen Orten vorbei, die mich allesamt an Evan erinnern. Verzweifelt versuche ich, diese Gedanken loszuwerden, und beschleunige meinen Schritt, um dieser Umgebung so schnell wie möglich zu entfliehen. Doch auch in der Villa geht es mir nicht viel besser. Immerhin ist sie genauso eingerichtet wie die, in der Evan einquartiert war und in der wir … Ich schüttle den Kopf, um nicht weiter darüber nachzudenken. Stattdessen atme ich tief durch und versuche, ohne Emotionen ins Schlafzimmer zu gehen.

Dort angekommen, sehe ich tatsächlich eine Schachtel auf dem Bett liegen, in der sich vermutlich mein heutiges Outfit, das mir vom Sender zur

Verfügung gestellt wurde, befindet. Neugierig öffne ich die Schleife und hebe den Deckel an. Als ich das zarte Papier zur Seite schlage, erwartet mich ein wunderschönes, spitzenbesetztes Kleid. Vorsichtig nehme ich es aus seiner Verpackung. Es ist bodenlang und … weiß. Verdattert sehe ich mich in dem Raum um, auf der Suche nach einem anderen Outfit. Das hier kann wohl nur eine Verwechslung sein. Doch ich finde nichts. Außer den Schuhen, die sich ebenfalls in der Schachtel befinden. Es sind flache Sandalen. Perfekt für eine Strandhochzeit. Sacht lege ich das Kleid zurück und gehe zu dem Telefon, das sich neben dem Bett befindet.

»Stellen Sie mich bitte zu Susan Gates durch«, bitte ich die Stimme der Rezeption, die sich meldet.

»Einen Moment bitte.«

Die Journalistin lässt sich Zeit mit dem Abheben und ich denke schon, sie nimmt den Anruf gar nicht entgegen. Kurz bevor ich auflegen möchte, meldet sie sich doch noch.

»Hallo?«

»Hallo Susan, Seraphina hier. Ähm … Ich glaube, ihr habt mir das falsche Kleid geschickt«, sage ich zaghaft. Ich möchte ihr nicht unbedingt erklären, dass es sich ausgerechnet um ein Brautkleid handelt.

»Nein, nein. Das hat schon alles seine Richtigkeit. Zieh es einfach an und wir treffen uns in einer halben Stunde am Strand.«

Bevor ich noch irgendetwas erwidern kann, hat sie bereits aufgelegt. Nun, dann wird mir nichts anderes übrig bleiben. Obwohl ich befürchte, mich komplett lächerlich zu machen. Ich gehe unter die Dusche, lege ein leichtes Make-up auf und schlüpfe anschließend in dieses wundervolle Kleid, das bestimmt für eine andere Frau bestimmt ist.

Als ich in dieser Aufmachung zum Strand gehe, säumen Fackeln den Weg. Noch mehr Blumen als sonst sind in der Anlage, besonders auf dem Pfad zum Meer, verteilt. Kurz bevor ich den sandigen Teil meines Wegs erreiche, kommt Susan mir entgegen.

»Du siehst traumhaft aus«, strahlt sie mich an.

»Aber ... Das ist ein Hochzeitskleid, Susan«, weise ich sie auf das Offensichtliche hin.

Sie nickt nur und hält mir einen Blumenstrauß entgegen.

»Was ... Susan, was soll das?«, frage ich sie nun vollends verwirrt.

»Das wirst du schon noch sehen. Wir haben etwas vorbereitet«, verrät sie mir und meine Gedanken spielen verrückt. Sie werden doch wohl nicht wollen, dass ich mich als die am Altar stehen gelassene Braut ausgebe?

Da ich mich nicht in Bewegung setze, gibt die Journalistin mir einen Schubs, wodurch ich ein Stückchen in Richtung Strand stolpere und ... Oh nein. Das ist wunderschön.

Rote Blüten wurden auf dem Sand verteilt und

bilden einen Weg in Richtung Meer. Nur, dass sich dafür noch ein herrliches Gebilde aus Blumen und weißen Tüchern befindet, neben dem ein Mann im Leinenanzug steht, der Evan verdammt ähnlich sieht. Erst als ich mich genauer umsehe, erkenne ich auch Paula, die mich strahlend anlächelt. Nun, wenn sie mir keine Warnsignale übermittelt, laufe ich zumindest in keine Falle. Aber was das alles soll, begreife ich immer noch nicht.

Langsam gehe ich entlang der Blüten auf Evan zu. Als ich vor ihm angekommen bin, lächelt auch er mich an. Seine Augen funkeln und er wirkt ganz und gar nicht mehr so wütend wie bei seinem letzten Besuch bei mir. Ich bin viel zu überrumpelt, um irgendetwas sagen zu können, und schaue ihn nur fragend an. Doch anstatt irgendetwas zu sagen, kniet er sich vor mir hin.

»Seraphina Reed. Ich möchte mich aufrichtig bei dir dafür entschuldigen, dich in Verdacht gehabt zu haben, hinter meinem Rücken gegen mich gehandelt zu haben. Es tut mir aufrichtig leid. Ich hätte dir vertrauen sollen. Außerdem musst du wissen, dass ich dich nie betrogen habe. Wenn du mir nicht glaubst, frag Paula«, er deutet in die Richtung, in der sich meine beste Freundin positioniert hat, und ich folge seiner Hand.

Paula nickt aufmunternd.

»Er hat recht«, bestätigt sie seine Aussage und endlich finde ich meine Stimme wieder.

»Aber die Fotos …«, wende ich ein. Ich habe schließlich mit eigenen Augen gesehen, wie Evan über das Model hergefallen ist. Nun ja, zumindest habe ich gesehen, wie er sich über sie gebeugt hat.

»Ich habe Melanie gerade aus meinem Schlafzimmer geworfen, als Greg die Fotos gemacht hat. Du kannst sie gerne fragen. Sie wird meine Geschichte bestätigen«, sagt Evan und deutet Susan, zu uns zu kommen.

Sie überreicht mir ein Handy und ich halte es an mein Ohr.

»Hallo?«

»Seraphina? Es tut mir leid, was du wegen mir durchmachen musstest. Ich wusste nicht, dass du und Evan … Jedenfalls ist zwischen uns nichts vorgefallen. Das musst du mir glauben. Obwohl ich nackt auf seinem Bett lag, hat er mich nicht angefasst. Na gut, schon. Aber nur, um mich aus dem Zimmer zu komplementieren«, erklärt sie mir und mein Blick fällt wieder auf Evan, der mich unsicher ansieht.

»Okay. Danke, Melanie«, sage ich und gebe Susan das Telefon zurück.

»Glaubst du mir?«, fragt Evan zögerlich und ich nicke. Ich weiß zu gut, wie schnell Fotos missinterpretiert werden können. Wenn Paula ihm glaubt und Melanie sich sogar bei mir entschuldigt, wird wohl was Wahres dran sein.

Erleichtert atmet der Mann, der noch immer vor mir kniet, aus.

»Gut. Dann habe ich noch eine Frage an dich. Ich weiß, wir haben nicht viel Zeit miteinander verbracht, aber für mich reicht es vollkommen aus, um zu wissen, dass ich dich den Rest meines Lebens an meiner Seite haben will. Ich liebe dich, Seraphina Reed. Erweist du mir die Ehre, meine Frau zu werden?« Evan holt eine kleine Schmuckschachtel aus seiner Sakkotasche. Als er sie öffnet, funkelt mir der größte Diamant entgegen, den ich je gesehen habe.

Eine Weile lang starre ich den Ring einfach nur an, unfähig, irgendetwas zu sagen. Doch dann schaltet sich mein Verstand endlich wieder ein. Der Mann, den ich über alles liebe, hat mir gerade einen Heiratsantrag gemacht. Noch bevor ich irgendetwas antworte, kullern mir Tränen über die Wangen. Evan sieht mich erschrocken an. Vermutlich glaubt er, ich würde ihn abweisen. Doch ich denke nicht im Traum daran.

»Ja. Ja, ich will deine Frau werden, Evan Chambers«, strahle ich ihn mit nassen Wangen an und fühle mich auf einmal so glücklich wie noch nie in meinem Leben.

31

SERAPHINA

»Dreh den Kopf ein bisschen weiter nach rechts«, weise ich Evan an. Natürlich lässt mein Mann es sich nicht nehmen, die neuen Fotos für die Firmenwebsite und alle Presseaussendungen von seiner berühmten Frau machen zu lassen.

Ja, wir haben noch am gleichen Tag, als Evan mir den Antrag gemacht hat, auf Hawaii geheiratet. Direkt nach meinem emotionalen Jawort kam der Standesbeamte zu uns und hat die Trauung vollzogen. Wie sich herausgestellt hat, gab sich Susan mit den exklusiven Filmrechten an unserer Hochzeit zufrieden, wodurch Evan einem Interview entgehen konnte. Dabei hätte er gar keinen Grund gehabt, sich davor zu drücken. Immerhin konnte er mit den Aufnahmen, die er von Greg bekommen hat, seine Unschuld auch vor dem Vorstand seiner Firma beweisen. Es hat sich also alles zum Guten gewendet. Nur ich kann mein Glück noch immer kaum fassen, einen solchen Mann abbekommen zu haben.

Aber auch Evan kann sich glücklich schätzen, mit einer bekannten Fotografin verheiratet zu sein. Wie sich herausgestellt hat, brauchte ich keinen Max, der mir dabei behilflich ist, meine Karriere voranzutreiben. Die Fotos, die ich auf Evans Party damals gemacht habe, waren vollkommen ausreichend. Das Schauspielerpärchen, das ich fotografiert habe, hat mein Bild benutzt, um den Medien und ihren Fans zu zeigen, dass ihre Ehe allen Gerüchten zum Trotz intakt ist und sie keinen einzigen Gedanken an eine Scheidung verschwendet haben. Seither werden sie endlich in Ruhe gelassen. Zumindest, was dieses Thema betrifft. Sie waren mir so dankbar dafür und hielten mein Foto außerdem für derart gelungen, dass sie mich weiterempfohlen haben.

Mittlerweile kann ich mich vor Aufträgen kaum retten, arbeite für ein Qualitätsmagazin und habe hin und wieder sogar eigene Ausstellungen in diversen Galerien. Ja, man kann sagen, ich habe alles richtig gemacht.

Max hat Evans Firma übrigens verlassen müssen und kann seine Geschäfte nun vom Gefängnis aus führen. Die Liste der Straftaten ist lang und er wird wohl eine ganze Zeit nicht mehr raus kommen.

»So richtig?«, unterbricht Evan meine Gedanken und ich muss lachen, weil er seinen Kopf unnötig weit gedreht hat.

»Na ja, die Kamera sollte dein Gesicht schon noch sehen«, sage ich zu ihm und im nächsten Moment schenkt er mir sein bezauberndes Lächeln, das ich sofort festhalte.

Nach einem Blick auf das Display der Kamera bin ich mir sicher, dass das mein liebstes Foto des Shootings ist.

»Wir sind fertig«, erlöse ich ihn endlich.

Er kommt erleichtert auf mich zu und schlingt seine Arme um mich. Als könnte uns irgendjemand beobachten, schaut er sich in meinem neuen Studio um.

»Haben wir die Couch dort drüben eigentlich schon eingeweiht?«, fragt er mich. Dabei weiß er ganz genau, dass das der wohl einzige Platz in diesem Raum ist, an dem wir noch keinen Sex hatten.

»Hmm ... Lass mal überlegen«, lege ich einen Finger auf meinen Mund und tue, als würde ich ernsthaft darüber nachdenken. »Dort drüben waren wir schon. Hier auch. Und den Tisch da. Oh ja, der wurde auch schon eingeweiht«, sage ich mit einem lüsternen Blick auf meinen Mann, was ihn dazu bringt, mich einfach zu packen und zu der Couch hinüber zu tragen.

»Mir ist es egal, ob wir hier schon Sex hatten oder nicht. Ich will dich jetzt unbedingt«, raunt er mir ins Ohr, bevor er seine Lippen auf meine versenkt. Obwohl wir schon seit einigen Monaten verheiratet sind und die befriedigendsten Flitterwochen aller Zeiten auf Hawaii verbracht haben, reagiert mein Körper sofort auf Evan.

Ich stöhne genüsslich auf, was ihn nur noch mehr anheizt. Gierig schiebt er meinen Rock nach oben und sucht sich mit einer Hand seinen Weg zu meiner intimsten Stelle. Überrascht sieht er mich an.

»Dich hat das Fotoshooting also auch so geil gemacht wie mich?«, fragt er, obwohl er es gerade selbst gespürt hat, wie bereit ich für ihn bin.

»Wie könnte ich meinem eigenen Mann auch widerstehen?«, gebe ich anzüglich zurück und greife dabei in seinen Schritt. Auch er ist schon mehr als in der Lage, mich hier und jetzt zu nehmen.

Eilig öffne ich seine Hose. Ich brauche kein langes Vorspiel mehr. Das Shooting war aufheizend genug. Auch, wenn er die ganze Zeit seinen Anzug anbehalten hat. Immerhin haben wir Businessfotos gemacht. Aber diesen umwerfenden Mann so lange zu beobachten, seine Bewegung, diese Augen. Ihn anzuweisen, wie er sich hinzustellen, wohin er zu sehen hat. Das hat ganz offensichtlich genügt, um ihn in diesem Moment mehr zu wollen als alles andere.

Evan versteht sofort, senkt sich auf mich hinab und dringt mit einem heftigen Stoß in mich ein, während er mir in die Augen sieht. Er weiß, wie wahnsinnig es mich macht, wenn ich dabei sein Gesicht sehen kann. Ein paar unglaubliche Stöße lang gönnt er mir dieses Vergnügen, doch dann widmet er sich meinem Shirt und zieht es hastig nach unten, wodurch mein BH zum Vorschein kommt. Meine Nippel sind bereits hart, als er sie durch den zarten Stoff hindurch in den Mund nimmt, um daran zu saugen.

Viel mehr braucht es nicht, um mir den Verstand zu rauben. Gierig greife ich nach Evans Po und obwohl er bereits alles gibt, um tief in mich einzudringen, wölbe ich mich ihm noch mehr entgegen, sodass sein Schwanz vollends in mir versinkt. Dieses Gefühl der vollkommenen Einigkeit gibt mir den Rest und ich schreie laut auf.

Immer und immer wieder stößt Evan in mich hinein, bis ich schließlich in einem gewaltigen Orgasmus komme und zusammensacke. Meine Muskeln, die sich genüsslich um seinen Schwanz zusammenziehen, bringen nun auch meinen Mann dazu, sich in mich zu ergießen.

»Wow. Wer hätte gedacht, dass Sex mit der eigenen Frau so befriedigend sein kann?«, sagt Evan scherzend, bevor er sich aus mir zurückzieht und mir intensiv in die Augen sieht.

»Ich liebe dich, Seraphina Chambers«, raunt er, während er mir sanft über die Wange streichelt.

»Ich liebe dich auch, Evan Chambers«, erwidere ich mit einem strahlenden Lächeln und ziehe ihn zu mir, um diesen umwerfenden Mann zu küssen.

LESEPROBE VON »FYNN: WIEDERSEHEN IN ALASKA«

Fynn

»Muss das unbedingt sein? Wir können das doch auch so erledigen«, sage ich in den Telefonhörer und höre mich dabei jammernder an, als ich klingen will.

»Ich bestehe darauf. Wenn du diesen Deal willst, dann wirst du nach Seward kommen müssen.«

Toll. Ausgezeichnet. Es handelt sich auch nicht genau um den Ort, dem ich vor fünf Jahren den Rücken gekehrt habe. In meiner Vorstellung war es eine Entscheidung für immer. Eigentlich. Doch ich hätte es besser wissen müssen, als ich ausgerechnet mit Brian, meinem alten Erzrivalen aus Highschoolzeiten, verhandeln wollte. Okay, eigentlich war er mein bester Freund. Aber wir haben uns schon damals gegenseitig immer wieder herausgefordert. Nicht nur einmal hat er in den letzten Jahren versucht, mich zu einer Rückkehr zu bewegen. Doch ich bin eisern geblieben. Bis jetzt. Und wie es aussieht, habe ich noch keine andere Wahl mehr, denn ich brauche ihn. Oder zumindest seine Firma, die mit meiner kooperieren soll.

Leider hat sich herausgestellt, dass er der Beste auf diesem Gebiet ist und es einfach nicht in Frage kommt, mit irgendeiner anderen Firma zusammenzuarbeiten. Also werde ich das warme Los Angeles wohl gegen das verschneite Alaska tauschen müssen.

»Komm schon, Mann. Es ist doch nicht für lange. Ein Tag, damit wir alles besprechen können und danach fliegst du wieder zurück nach Los Angeles und alles ist beim Alten«, sagt Brian, nachdem ich mir wohl zu lange Zeit für eine Antwort gelassen habe.

»Also gut«, gebe ich schließlich nach, da ich sowieso keine Ahnung habe, wie ich aus dieser Nummer wieder raus kommen sollte. »Ich werde meine Assistentin bitten, mir einen Flug zu buchen.«

»Du wirst es nicht bereuen«, erwidert mein ehemals bester Freund mit einem fröhlichen Unterton in der Stimme, den ich so von ihm nicht kenne. Auf der Stelle werde ich misstrauisch und hoffe, dass es nicht auch noch einen anderen Grund gibt, weshalb ich ausgerechnet jetzt nach Alaska fliegen muss. Doch bevor ich ihn danach fragen kann, hat er auch schon aufgelegt.

Dann bleibt mir wohl nichts anderes übrig, als mich seinem Vorhaben zu fügen. Auch wenn es mir noch so wenig gefällt. Schließlich habe ich das kleine Städtchen damals aus einem bestimmten Grund verlassen. Resigniert greife ich erneut nach dem Telefonhörer.

»Amy, ich brauche für morgen einen Flug nach Seward ...« Bevor ich meine restlichen Anweisungen durchgeben kann, ist die Leitung auf einmal tot und die Tür zu meinem Büro wird aufgerissen. Vor mir steht meine aufgelöste Assistentin. Erstaunt sehe ich sie an.

»Sie fliegen in Ihre Heimatstadt?«, fragt sie mich aufgebracht.

»Ganz genau. Ist das ein Problem?«, sage ich mit hochgezogenen Augenbrauen.

»Nein. Natürlich nicht. Ich dachte nur ... Ist irgendetwas passiert?«, bringt sie die Frage, die sie so offensichtlich beschäftigt endlich hervor.

Ich kann es ihr noch nicht einmal verübeln. Immerhin kam sie noch nie in die Situation, mir einen Flug nach Seward buchen zu müssen. Im Büro gehen die schlimmsten Gerüchte umher, weshalb ich meine alte Heimat so sehr meide, dass meine komplette Familie jedes Jahr an Weihnachten die Strapazen auf sich nimmt, um mich zu besuchen, anstatt andersherum, was wesentlich einfacher wäre. Doch ich werde einen Teufel tun und die Neugier meiner Angestellten befriedigen, indem ich ihnen meine Geschichte erzähle. Das geht niemanden etwas an. Noch nicht einmal meine Assistentin, die ansonsten mehr von meinem Privatleben mitbekommt, als mir lieb ist.

»Was sollte denn passiert sein?«, stelle ich eine Gegenfrage, komme mir aber im nächsten Moment, als sie verlegen an ihren Fingern herumknetet, vor wie ein Idiot. Sie macht einen guten Job und hat noch nie Fragen gestellt, wenn sie wieder einmal eine meiner Verflossenen abwimmeln musste. Und jetzt habe ich nichts besseres zu tun, als sie auflaufen zu lassen. Ich seufze laut auf.

»Schon gut, Amy. Ich muss aus beruflichen Gründen hin. Sie müssen sich keine Gedanken machen«, beruhige ich sie und hoffe, meine unwirsche Art von gerade eben ein bisschen wieder gut machen zu können.

Tatsächlich atmet sie erleichtert auf und überzeugt mich damit ein weiteres Mal davon, dass sie eine der wenigen hier im Büro ist, die nicht nur begierig auf Tratsch und Klatsch sind. Sie dürfte sich ehrlich Sorgen gemacht haben. Ich mache mir eine gedankliche Notiz, ihr nach meiner Rückkehr eine kleine Aufmerksamkeit zukommen zu lassen. Als Entschuldigung, aber auch, weil sie so loyal ist.

»Ist der Firmenjet verfügbar? Die Anreise nach

Seward ist leider nicht so einfach und ich würde die nervigen Zwischenstopps gerne vermeiden.«

Von Los Angeles in meine Heimatstadt müsste ich mindestens zweimal umsteigen. Ein weiterer Grund, weshalb ich nicht gerade scharf darauf bin, dorthin zu fliegen.

»Ja, er ist seit gestern wieder hier. Ich werde den Piloten informieren. Wie lange haben Sie vor in Seward zu bleiben? Soll die Maschine auf Sie warten?«

Über diese Frage muss ich nicht lange nachdenken.

»Ich fliege am nächsten Tag wieder zurück«, informiere ich sie. Amy sieht mich erstaunt an, wagt es aber nicht, noch einmal nachzufragen. Dabei bin ich mir sicher, zu wissen, was sie so verwundert. Aber ich habe nicht vor, meine Familie darüber zu informieren, dass ich in der Stadt sein werde. Würde ich das tun, käme ich nicht so schnell wieder weg. Und ich möchte nicht riskieren, einer ganz bestimmten Person über den Weg zu laufen.

»Buchen Sie mir bitte auch ein Zimmer für eine Nacht«, sage ich zu ihr und beantworte damit indirekt die Frage, ob ich meine Familie sehen werde.

»Sehr wohl. Haben Sie ein bestimmtes Hotel im Auge, oder soll ich eines für Sie auswählen?«

»Suchen Sie eines aus. Mir ist es ganz egal.« Ich wedle mit meiner Hand herum, um Amy zu signalisieren, dass wir hier fertig sind. Mit einem Nicken verabschiedet sie sich aus meinem Büro. Doch als sie bereits die Tür schließen will, rufe ich sie noch einmal zurück.

»Amy, achten Sie bei der Auswahl des Hotels bitte darauf, dass es nicht direkt im Zentrum liegt«, weise ich sie noch an.

Mittlerweile dürfte auch ihr klar sein, dass ich während meiner Zeit dort so vielen Menschen wie möglich aus dem Weg gehen möchte. Aber sie sagt nichts weiter und bereits zehn Minuten später habe ich in meinem E-Mail-Eingang alle Infos bezüglich meiner bevorstehenden Reise. Nur sonderlich freuen kann ich mich nicht darüber. Als ob wir in der Steinzeit leben und Besprechungen nicht übers Internet abhalten könnten.

Willow

Ich gähne herzhaft als Molly, die wahrscheinlich älteste Bewohnerin von Seward, als erste Kundin des Tages die Bäckerei betritt.

»Na, mein Kind, du übernimmst dich wohl langsam mit deinen zahlreichen Jobs«, begrüßt sie mich, doch ich winke ab.

»Ach was. Das mach ich doch gerne. Und Ed ist froh über die Hilfe«

Dabei wäre ich tatsächlich froh gewesen, ein paar Stunden mehr Schlaf zu bekommen. Meine Schicht in der Pension, in der ich ebenfalls arbeite, hat gestern länger gedauert und heute musste ich schon um sechs Uhr in der Früh hier in der Bäckerei antreten. Aber erstens kann ich das Geld gut gebrauchen und zweitens greife ich den Stadtbewohnern gerne unter die Arme, wo ich nur kann.

»Das ist er bestimmt. Jedoch sollte er sich endlich nach einer dauerhaften Lösung umsehen, anstatt sich auf dein Helfersyndrom zu verlassen. Irgendwann wirst schließlich auch du nicht mehr nur von Gelegenheitsjobs leben wollen, oder nicht?«, fragt sie mich und schenkt mir dabei einen dieser weisen Blicke, die nur der älteren Generation vorbehalten sind und von einem großen Erfahrungsschatz zeugen. Wobei ich bei Molly manchmal das Gefühl habe, sie weiß noch viel mehr, als sie bereit ist, uns zu sagen. Als könnte sie in die Zukunft sehen und anstatt uns einfach zu sagen, was Sache ist, schubst sie uns mit wagen Aussagen in die richtige Richtung.

»Im Moment bin ich ganz zufrieden. Was darf ich dir einpacken?«, weiche ich ihr aus.

»Das gleiche wie immer, mein Kind.«

Ich atme erleichtert auf, weil sie offenbar nicht vor hat, weiter auf dem Thema herumzukauen, und packe ihr zwei Brötchen in eine Papiertüte, die ich ihr über den Tresen reiche.

»Das macht ...«

»Ich weiß, ich weiß. Hier, der Rest ist für dich. Steck dir die Münzen in die Tasche, bevor Ed sie dir wegnehmen kann«, flüstert sie mir zu und grinst dabei schelmisch.

Es hat keinen Zweck Molly zu erklären, dass sie mir nicht immer, wenn ich sie bediene, ein Trinkgeld geben muss, das höher ist als der Preis, den sie für ihr Frühstück bezahlen muss. Sie hört ja doch nicht damit auf. Also gebe ich das Geld für die Brötchen in die Kasse und stecke den Rest in meine Hosentasche.

»Danke«, sage ich genau in dem Moment als Ed neben mir auftaucht, in der Hand eine frische Palette köstlich duftenden Brots.

»Molly, schön dich zu sehen«, begrüßt der Bäcker die Dame und verwickelt sie in ein Gespräch, während ich mich dem Brot widme und es in die Regale einordne. Natürlich bekomme ich mit, dass sie sich über den neuesten Klatsch und Tratsch unterhalten, den es in unserer beschaulichen Stadt gibt. Zwar sind wir kein ganz so kleines Dorf und haben immerhin fast 3.000 Einwohner, aber trotzdem kennt hier jeder jeden. Ein Geheimnis für sich zu behalten, ist also ziemlich schwierig. Auch wenn es Molly bisher gelungen ist, ihr deftiges Trinkgeld vor Ed zu verheimlichen.

Als sie sich verabschiedet, zwinkert sie mir verschwörerisch zu. Doch mir bleibt keine Gelegenheit, darüber nachzudenken, ob sie sich jetzt doch endgültig verraten hat, denn der nächste Kunde betritt die Bäckerei.

»Brian, welch seltener Besuch. Hast du nicht deinen eigenen Koch, der deine Mahlzeiten zubereitet?«, ziehe ich ihn auf.

Mein ehemaliger Klassenkamerad hat gleich nach der Schule sein eigenes Unternehmen gestartet und ist damit richtig erfolgreich. Im Gegensatz zu manch anderem Bewohner ist er unserer Stadt trotzdem treu geblieben. Obwohl er sich überhaupt nicht verändert hat, und nach wie vor der gleiche Kindskopf ist, muss er hin und wieder die kleinen Spitzen in Kauf nehmen. Immerhin hat sich zwar seine Persönlichkeit nicht verändert, aber er lässt es sich trotzdem nicht nehmen, im Luxus zu schwelgen. Das mit dem Koch habe ich mir nicht ausgedacht. Er hat tatsächlich einen eingestellt.

»Schon, aber hin und wieder muss ich mich selbst daran erinnern, wie es war, als ich noch selbst einkaufen gehen musste«, nimmt er die Spitze gelassen und lacht über seinen eigenen Witz. Wobei ich mir bei ihm nicht so sicher bin, ob es wirklich als solcher gedacht war.

»Was hättest du denn gerne?«, komme ich auf den Grund für seinen Besuch in der Bäckerei zurück.

»Ein Sauerteigbrot. Verrate es nicht Cliff, aber Eds Brot ist einfach das Beste«, flüstert er mir über den Tresen hinweg zu und schaut sich dabei um, als könnte ihn sein Koch bei dieser Aussage erwischen.

Während ich ihm seine Bestellung einpacke, sehe aus dem Augenwinkel, wie Brian mich mustert.

»Was ist?«, frage ich ihn und fahre mir über meine Wange, weil ich befürchte, mich mal wieder mit Zucker vollgeschmiert zu haben.

»Ach, nichts«, sagt er in einem Tonfall, der sich nicht nach Nichts anhört. Meine Neugierde ist natürlich sofort geweckt.

»Wenn du mir nicht gleich verrätst, was du eben gedacht hast, verrate ich Cliff, dass du dir dein Brot bei Ed besorgst«, drohe ich ihm, woraufhin seine Augenbrauen erschrocken in die Höhe schießen.

»Das würdest du nicht tun«, sagt er gespielt entsetzt, nachdem er sich wieder gefangen hat.

»Wer weiß. Willst du es wirklich herausfinden?«

Wir liefern uns ein paar Sekunden lang ein Blickduell, bevor Brian schließlich nachgibt.

»Also gut ... Wenn du es unbedingt wissen willst. Ich habe eben gedacht, wieso du nicht mal aus der Stadt raus fährst und dir einen netten Mann schnappst. Du bist jetzt schon viel zu lange allein, Willow.«

Ich mustere ihn, als könnte ich in seinen Augen ablesen, ob er die Wahrheit sagt. Irgendetwas sagt mir, dass er an etwas ganz anderes gedacht hat. Aber wenn er es mir nicht freiwillig erzählt, werde ich es wohl nie erfahren.

»Ich bin glücklich so, wie es ist. Außerdem habe

ich viel zu viel zu tun. Da bleibt keine Zeit für einen Mann«, sage ich leichthin, obwohl es nicht ganz der Wahrheit entspricht. Zeit würde ich mir sofort nehmen, sollte der Richtige vor mir stehen. Nur leider hat der, den ich für den Richtigen gehalten habe, es vorgezogen, mir und dieser Stadt für immer den Rücken zu kehren. Seither hatte ich zwar ein paar lose Bekanntschaften, hauptsächlich mit Touristen, von denen ich wusste, sie würden nicht lange bleiben, aber keine feste Beziehung mehr.

»Wie du meinst. Vielleicht kommt der Prinz auf seinem weißen Pferd auch irgendwann nach Seward, wer weiß.« Schon wieder schwingt in seiner Stimme etwas mit, das ich nicht deuten kann. Aber ich habe auch keine Lust mir länger über seine rätselhaften Worte Gedanken zu machen. Deshalb überreiche ich ihm sein Brot und verabschiede mich von Brian, nachdem ich ihm versprochen habe, Cliff nichts von seinem Einkauf bei uns zu erzählen.

Hier kannst du den sechsten Teil der American Millionair's Love Stories vorbestellen: https://zoeywest.com/amls6

KOSTENLOSES E-BOOK

Als kleines Dankeschön, weil du mein Buch gelesen hast, möchte ich dir gerne ein gratis eBook mit einer Kurzgeschichte aus der Reihe der »American Millionair's Love Stories« schenken.

Trage dich dafür einfach unter https://zoeywest.com/start für meinen Newsletter ein.

Aaron: Hochzeit in New Orleans

Was machst du, wenn der Mann, den du damals nicht haben konntest, eine Hochzeit mit dir planen muss?

Jules kann nicht fassen, was ihre beste Freundin von ihr verlangt. Als Brautjungfer soll sie sich wenige Tage vor der Hochzeit um die Vorbereitungen kümmern. Noch nichts ist geplant, dabei werden mehrere hundert Gäste erwartet. Damit aber nicht genug. Als Unterstützung wird ihr ausgerechnet Aaron MacLay zur Seite gestellt. Der Mann, mit dem sie eine gemeinsame Vergangenheit verbindet und den sie eigentlich nie wieder sehen wollte. Kein Wunder also, dass sie absolut genervt ist, sich ausgerechnet als seine Verlobte ausgeben zu müssen.

Aaron hält nicht viel von Hochzeiten. Dass ausgerechnet sein bester Freund nun den Bund fürs Leben eingehen will, geht ihm so richtig gegen den Strich. Aber als er dazu aufgefordert wird, mit der süßen Jules die Hochzeitsvorbereitungen zu übernehmen, nimmt er die Herausforderung gerne an. Er macht sich zwar nichts aus Blumen und Torten, aber gegen ein heißes Stelldichein mit der ersten Brautjungfer hat er nichts einzuwenden. Er kann schließlich nicht ahnen, dass diese paar Tage seine Welt auf den Kopf stellen werden.

Als sie so tun müssen, als wären sie selbst ein Paar, knistert es zwischen Jules und Aaron gewaltig. Können sie ihre Differenzen hinter sich lassen und selbst glücklich werden?

Ich freue mich darauf, mit dir in Kontakt zu bleiben!

Zoey West

BÜCHER VON ZOEY WEST

Die American Millionaire's Love Stories-Reihe

Adam: Heiße Küsse in Sarasota

Was machst du, wenn der Mann, in den du dich unsterblich verliebst, deine Existenz ruiniert?

Adam steht in New Yorks angesagtesten Clubs auf der VIP-Liste. Die meisten davon gehören seinem Dad. Bei Frauen hat er unumstößliche Regeln. Sie bekommen eine Nacht. Nicht mehr und nicht weniger. Von der Verantwortung, die Firma seines Dads zu übernehmen, will er nichts wissen. Er flüchtet nach Florida, wo er als ganz normaler Tourist herausfinden will, was ihm wirklich wichtig ist. Womit er nicht gerechnet hat, ist die kratzbürstige Demi, die sich partout auf kein Date mit ihm einlassen will.

Demi ist verantwortungsvoll, zielstrebig und ehrgeizig. Vor allem, wenn es um ihren Lebenstraum geht: Ein angesagter Kräuterladen in Port Charlotte, Florida. Ihr Ex hat sie genau deswegen verlassen. Aber so einen Mann braucht sie ohnehin nicht in ihrem Leben. Überhaupt braucht sie gar keinen Mann. Sie hat schließlich Henry, ihren Goldfisch, und natürlich ihre beste Freundin Lauren, die gleichzeitig ihre Mitarbeiterin ist. Damit ist sie vollkommen zufrieden. Bis dieser reiche Schnösel in ihrer Stadt auftaucht und ihre Gefühle so richtig durcheinander bringt.

Als Demi Adams Motorrad, seine "heilige" Harley, anfährt und er seine wahre Identität verschweigt, fangen die Probleme erst richtig an.

Hier klicken oder Link aufrufen:

https://zoeywest.com/amls1

Blake: Verliebt in Sarasota

Was machst du, wenn der Mann, dem du dein Herz geschenkt hast, dich hintergeht?

Alicia studiert an der Stanford Universität. Ihr Spezialgebiet: Künstliche Intelligenz. Als sie einen Job auf der heißbegehrten IT-Konferenz ergattert, will sie eigentlich Kontakte knüpfen. Immerhin sind die Größten der Branche anwesend. Doch ihr passiert ein fataler Fehler, als sie ausgerechnet dem Mann den Zutritt verwehrt, der als wichtigste Person der ganzen Konferenz gilt. Aber sie konnte schließlich nicht damit rechnen, dass ein so heißer Typ ein IT-Nerd sein soll. Hoffentlich wird das kein Nachspiel haben.

Blake hatte bereits vor seinem zwanzigsten Geburtstag den ersten Doktortitel in der Tasche. Jetzt führt er in New York sein millionenschweres IT-Unternehmen. Als Ausgleich zu seiner Arbeit, schleppt er reihenweise Frauen ab. Aber den Fehler, sich in eine Beziehung drängen zu lassen, wird er kein zweites Mal machen. Auch nicht für diese süße Studentin, die ihm nicht mehr aus dem Kopf geht, seit er wegen ihr fast seinen Vortrag auf dieser IT-Konferenz in Kalifornien verpasst hätte.

Als Alicia und Blake sich näher kommen, ahnt sie nicht, welche Fäden im Hintergrund gezogen werden.

Hier klicken oder Link aufrufen:

https://zoeywest.com/amls2

Clark: Herzklopfen in New York

Was machst du, wenn der Mann, dem du einfach nicht widerstehen kannst, dein neuer Boss ist?

Kayleigh fängt einen neuen Job bei einer Plattenfirma in New York an. Bereits am ersten Tag legt sie sich, nichtsahnend, um wen es sich handelt, mit ihrem neuen Boss an. Als er bei einem Meeting plötzlich vor ihr steht, kann sie nur hoffen, dass ihr Verhalten kein Nachspiel haben wird. Die Bitte, ihn auf ein Galadinner zu begleiten, kann sie unter diesen Umständen kaum ausschlagen. Doch in seiner Gegenwart fühlt sie sich wie ein unartiges Schulmädchen. Oh, und wie gerne sie unartig wäre.

Clark ist der Boss einer großen Plattenfirma und lebt für seinen Job. Freizeit kennt er nicht. Deshalb bleibt ihm auch nichts anderes übrig, als ausgerechnet seine neue Mitarbeiterin zu dem Galadinner beim New Yorker Bürgermeister mitzunehmen, das seinem Cousin so wichtig ist. Es bleibt ihm nur zu hoffen, dass sie sich dort besser zu benehmen weiß als bei ihrem ersten Zusammentreffen. Damit, dass sie ihm gehörig den Kopf verdreht und damit seine Welt auf den Kopf stellt, hat er nicht gerechnet.

Als sich Job und Gefühle zu vermischen beginnen, müssen Kayleigh und Clark entscheiden, was ihnen wirklich wichtig ist.

Hier klicken oder Link aufrufen:

https://zoeywest.com/amls3

Dylan: Verheiratet in Las Vegas

Was machst du, wenn der Mann, den du zum Schein geheiratet hast, dein Baby nicht will?

Cassandra ist eine hoffnungslose Romantikerin. Sie will heiraten und eine Familie gründen. Doch als sie nach fünf Jahren Beziehung plötzlich verlassen wird, versteht sie die Welt nicht mehr. Ihr bester Freund Tim lädt sie zur Ablenkung nach Las Vegas ein. Am nächsten Morgen wacht sie in einem fremden Bett, ohne jegliche Erinnerung an die vergangene Nacht, dafür aber mit Ehering am Finger auf. Was ihr heißer Ehemann von ihr verlangt, verschlägt ihr die Sprache. Doch sie kann sein unmoralisches Angebot nicht ablehnen.

Dylan ist bekennender Junggeselle. Immerhin ist sein Familienstand für die meisten Aufträge seiner Firma verantwortlich. Nur dieser eine Kunde, den er unbedingt haben will, hält nicht viel von diesem Lotterleben. Deshalb trifft er eine folgenschwere Entscheidung. Als er mit seinem besten Freund nach Las Vegas fliegt, stürzt er sich Hals über Kopf in eine Scheinehe mit der zuckersüßen Cassandra. Der Auftrag ist ihm sicher. Aber seine Gefühle sind es nicht mehr. Wollte er sich doch niemals fest binden.

Als die körperliche Anziehung zwischen den beiden Früchte trägt, beginnt Dylans Kampf gegen seine inneren Dämonen.

Hier klicken oder Link aufrufen:

https://zoeywest.com/amls4

Evan: Liebeschaos auf Hawaii

Was machst du, wenn der Mann, den du reinlegen sollst, deine große Liebe ist?

Seraphina ist Fotografin, die noch immer auf den großen Durchbruch wartet. Sie hält sich mit kleinen Jobs über Wasser, will aber endlich als Künstlerin Fuß fassen. Als sich ihr die Gelegenheit bietet, bei einer Realityshow mitzumachen, nutzt sie die Chance für ihre Karriere. Blöd nur, dass sie dafür ausgerechnet den Mann daten muss, der ihr schon einmal die Sicherheitsleute auf den Hals gehetzt hat. Und das alles nur, weil diese Wahrsagerin behauptet, sie wäre Evan Chambers große Liebe.

Evan ist nicht nur einflussreich und mächtig, sondern auch verdammt reich. Die Fotografin, die ihn mit zwei Damen des horizontalen Gewerbes abgelichtet hat, kann von Glück reden, dass er sie nicht verklagt hat. Er jedenfalls muss seitdem vorsichtig sein und hält sein Liebesleben komplett unter Verschluss. Sonst droht ihm der Zerfall seiner Firma. Sonderlich erfreut ist er also nicht darüber, ausgerechnet mit Seraphina Reed in dieser Realityshow auftreten zu müssen. Sie soll seine große Liebe sein? Nie und nimmer.

Gerade als die beiden beginnen, sich halbwegs zu vertrauen, taucht eine erschütternde Nachricht auf, die alles auf den Kopf stellt.

Hier klicken oder Link aufrufen:

https://zoeywest.com/amls5

Fynn: Wiedersehen in Alaska

Was machst du, wenn der Mann, den du nie wieder sehen wolltest, plötzlich zurückkehrt?

Willow hilft den Bewohnern ihres Heimatstädtchens aus, wo sie nur kann. Zwar kommt dabei ihre Sehnsucht nach der eigenen Selbständigkeit zu kurz, aber dafür hat sie ohnehin viel zu große Angst. Außerdem weiß niemand von der Fernausbildung, die sie schon vor Jahren gemacht hat. Im Grunde ist sie auch ganz zufrieden mit ihrem einfachen Leben und den verschiedenen Jobs. Zumindest bis sie ihre Vergangenheit einholt und aufgrund eines Schneegestöbers nicht wie geplant nach einem Tag wieder verschwindet.

Fynn hat sich nach seinem Studium ein Imperium in Los Angeles aufgebaut. Weit weg von seinem Heimatort in Alaska und der Frau, die einst seine beste Freundin war. Denn diese eine Nacht vor vielen Jahren hat alles verändert. Er konnte nicht bleiben und ist ohne ein Wort des Abschieds gegangen. Jetzt muss er für einen Auftrag zurück nach Seward und nimmt sich vor, keinen Tag länger als nötig zu bleiben. Und sich vor allem von den Bewohnern fern zu halten. Doch bereits bei seiner Ankunft trifft er auf sie.

Als die beiden gerade dabei sind, mit ihrer Vergangenheit aufzuräumen, wird Fynn von seiner Gegenwart eingeholt, die er längst abschütteln wollte.

Hier klicken oder Link aufrufen:

https://zoeywest.com/amls6

~

Grant: Luftschlösser in Denver

Was machst du, wenn der Mann, dessen Ehefrau du spielst, sich als der Richtige entpuppt?

Amy ist Alleinerziehend und ihr Ex Marc ist keine große Hilfe. Wenigstens gibt es ihre beste Freundin, die hin und wieder auf ihre Tochter aufpasst. Immerhin hat sie bereits drei Aushilfsjobs, um Faith ein besseres Leben zu bieten. In dieser Situation ist es doch nur normal, dieses unwiderstehliche Angebot anzunehmen und die Ehefrau eines Milliardärs zu spielen. Blöd nur, dass er davon nicht so begeistert sein wird, sobald er sein Gedächtnis wieder hat. Ob er wenigstens daraus lernt und sich nicht mehr aufführt wie der letzte Arsch?

Grant ist reich geboren und verpulvert sein Geld für Partys und Frauen. Er hat keine Ahnung, wie es sich anfühlt, auf einen Job angewiesen zu sein. Das zeigt er bei dem Vorstellungsgespräch mit seiner zukünftigen Assistentin, die sein Vater ihm als Babysitterin unterjubeln will, ganz deutlich. Als die Frau sich auch noch erdreistet, ihm das Handy aus der Hand zu reißen und ihre Nummer einzuspeichern, kocht er vor Wut. Bis er von einem Bus angefahren wird und sein Gedächtnis verliert. Danach ist nichts mehr, wie es mal war.

Als die Erinnerungen zurückkommen, muss Grant sich entscheiden, welches Leben er in Zukunft führen will und, ob Amy darin eine Rolle spielt.

Hier klicken oder Link aufrufen:

https://zoeywest.com/amls7

Heath: Süße Versuchung in Philadelphia

Was machst du, wen der Mann, mit dem du eine heiße Nacht verbracht hast, sich als dein neuer Boss entpuppt?

Ivy ist stinksauer als sie bei einer Beförderung schon wieder übergangen wird. Da kommt ihr dieser heiße Typ auf dieser Party gerade recht, um sich mit ihm ein wenig zu trösten. Als er ihr allerdings bei einem Meeting als der neue CEO der Firma vorgestellt wird und auch noch so tut, als würde er Ivy nicht kennen, bereut sie die aufregendste Nacht ihres Lebens, die sei einfach nicht aus dem Kopf bekommt. Ein Spiel mit dem Feuer beginnt, unter dem nicht nur ihr Herz sondern auch ihr Job in Gefahr ist.

Heath kann es nicht fassen, als er sich bei einem Meeting ausgerechnet der Frau gegenüber sieht, mit der er erst eine heiße Nacht verbracht hat. Dabei sind Mitarbeiterinnen absolut tabu für ihn. Seine Aufenthalte im Büro werden zum Spießrutenlauf. Er hat nämlich keine Ahnung, wie lange er sich noch beherrschen kann. Denn alles in ihm verlangt danach, sie wieder zu berühren. Als sich ein Kollege an sie ran macht, übermannt ihn die Eifersucht und er holt zum wenig professionellen Gegenschlag aus.

Als sich die Lage zwischen den beiden zuspitzt, müssen sie sich entscheiden. Ist der jeweils andere es wert, über den eigenen Schatten zu springen?

Hier klicken oder Link aufrufen:

https://zoeywest.com/amls8

~

Isaac: Liebesabenteuer in Manhattan

Tammie hat sich eine Karriere in einem der renommiertesten Kaufhäuser Manhattans aufgebaut. Zu ihren Kunden gehören CEOs, Börsenmakler und Anwälte. Doch in ihrem Privatleben hat sie sich bisher immer die falschen Männer ausgesucht. Barkeeper und Musiker, die sie entweder enttäuscht oder betrogen haben. Machmal auch beides. Doch als ein Kunde ihr das Angebot macht, ein Monat lang seine Fake-Freundin zu spielen, wendet sich das Blatt. Sie stimmt unter der Bedingung zu, dass er sie anschließend mit einem seiner reichen Freunde verkuppeln soll.

Isaac ist ein mächtiger CEO mit einem ansehnlichen Aktienportfolio und hat weit mehr erreicht als die meisten anderen in seinem Alter. Trotzdem zieht seine Familie ihn immer wieder damit auf, noch keine Frau an seiner Seite zu haben. Er hat es satt, sich den Fragen seiner Mum rund um seinen Beziehungsstatus zu stellen. Deshalb beschließt er, zu lügen und eine Freundin zu erfinden. Leider ist der erste Name, der ihm dabei in den Sinn kommt, der seiner Herrenausstatterin. Um nicht zum Gespött seiner Familie zu werden, bittet er sie darum, ihm zu helfen und für einen Monat seine Freundin zu spielen.

Als das Monat fast vorbei ist, müssen die beiden entscheiden, ob aus ihrer Scheinbeziehung wahre Liebe geworden ist.

Hier klicken oder Link aufrufen:

https://zoeywest.com/amls9

Jared: Weihnachtswunder von Aspen

Was machst du, wenn der Mann, für den du arbeitest, dein Weihnachtsfest gefährdet?

Eve liebt Weihnachten. Aber ohne ihren Job kann sie die vielen Geschenke für ihre Familie nicht bezahlen. Geschweige denn ihre Wohnung, oder ihr Essen. Deshalb hetzt sie zwischen Weihnachtsfeiern und Meetings hin und hier. Denn ihr Boss ist ein wahrer Grinch und lässt sie bis zur letzten Sekunde arbeiten. Als er sie kurz vor dem großen Fest in eine Blockhütte in Aspen schleppt, wo sie auch noch seine Freundin spielen soll, droht ihr Heiligabend im Kreise der Familie zu platzen. Aber gegen einen Schneesturm kann man nun mal nichts tun, oder?

Jared hasst Weihnachten. Vor allem, seit er sich mit seiner Familie zerstritten hat. Deshalb kommt es ihm gerade recht, als er für einen Geschäftsabschluss die Vorweihnachtszeit in Aspen verbringen muss. Abgeschottet von der Außenwelt hat er genug Zeit, um diesen wichtigen Deal unter Dach und Fach zu bringen. Wen er nicht mit einberechnet hat, ist die weihnachtsverliebte Eve, mit der er nicht nur eine Beziehung vortäuschen muss, sondern plötzlich auch noch in der Hütte eingeschneit ist. Zu allem Übel ist sie so gar nicht begeistert von seinen Plänen, die Feiertage mit Arbeit zu verbringen.

Gerade als alles aus dem Ruder zu laufen droht, kommt ausgerechnet ein Weihnachtswunder dazwischen.

Hier klicken oder Link aufrufen:

https://zoeywest.com/amls10

Keith: Babyglück in Los Angeles

Was machst du, wenn der Mann, von dem du vor drei Jahren unerwartet schwanger wurdest, plötzlich dein Boss ist?

Lori hatte eigentlich andere Pläne für ihr Leben. Nach ihrem Studienabschluss wollte sie nach Kalifornien ziehen, um dort Karriere zu machen. Aber eine verhängnisvolle Nacht hat alles verändert. Erst Jahre später ist sie bereit, sich in einem großen Unternehmen zu bewerben. Sie bekommt den Job. Und einen Boss, von dem sie dachte, sie würde ihn nie wiedersehen, nachdem sie sich vor vier Jahren aus seinem Hotelzimmer geschlichen hat. Wie soll sie ihm jetzt nur erklären, dass sie eine gemeinsame Tochter haben? Und sie ihn nie vergessen konnte?

Keith hat gemeinsam mit seinem Partner ein erfolgreiches Unternehmen aufgebaut. Seither lebt er für den Job. Für Beziehungen bleibt keine Zeit. Außerdem hat er ohnehin kein Interesse daran, seine Aufmerksamkeit einer einzigen Frau zu schenken. Bis Lori nach drei Jahren auf einmal wieder vor ihm steht. Als er von ihrer gemeinsame Tochter erfährt, gerät seine Welt ins Wanken. Ausgerechnet jetzt tauchen auch noch Probleme in der Firma auf. Wird er seine Prioritäten neu überdenken? Oder bleibt er das Arbeitstier, das von Familie nichts wissen will?

Als das Schicksal Lori und Keith erneut zueinander

führt, müssen sie eine Entscheidung treffen, die diesmal nicht nur sie beide betrifft.

Hier klicken oder Link aufrufen:

https://zoeywest.com/amls11

Die Heartbreakers on Stage-Reihe

Love me, Rockstar

Ruby wurde engagiert, um die Freundin von Rockstar Ethan James zu spielen. Dabei verbindet die beiden eine gemeinsame Vergangenheit ...

Er warf sich jede Nacht einer anderen Frau an den Hals und ich konnte das Schlamassel jetzt ausbaden. Dabei wollte ich Ethan James nie wieder zu nahe kommen. Ich wollte ihn aus meinem Leben verbannen und nicht mehr daran denken, was er mir damals angetan hat. Doch jetzt begleitete ich ihn und seine Band auf ihrer Tour quer durch die Staaten - als seine Freundin.

Als ich ihm das erste Mal nach so vielen Jahren begegnete, überkamen mich all die Gefühle, die ich damals für ihn hatte. Ich hätte es besser wissen müssen, als ich meinem derzeitigen Partner von dem Deal erzählte, und er mit Dollarzeichen in den Augen diesem Schauspiel zugestimmt hatte.

Natürlich begann ich, das langweilige Leben, das ich mir aufgebaut hatte, zu hinterfragen. Aber nicht nur das.

Meine Probleme fingen so richtig an, als ich dem Mann, der mir schon einmal wehgetan hatte, nicht mehr widerstehen konnte. Als er sich mir öffnete, wie ich es mir immer von ihm gewünscht hatte. Während sich seine Fans in sein Bett träumten, schlief ich darin. Mit ihm. Und setzte damit alles aufs Spiel. Ob es das wert war?

Hier klicken oder Link aufrufen:

https://zoeywest.com/hbos1

Kiss me, Rockstar

Lilly soll als Assistentin für den Rockstar Nathan Hill arbeiten. Oder wie er es ausdrückt: Seinen Babysitter spielen. Von der Gefahr, in die sie dabei gerät, stand nichts im Vertrag …

Wahrscheinlich wächst der Ruhm jedem irgendwann einmal über den Kopf. Auch bei Nathan Hill blieb der Aufstieg zum Rockstar nicht ohne negative Folgen. Deshalb wurde ich als seine Assistentin engagiert. Ich sollte dafür sorgen, dass er rechtzeitig zu seinen Terminen erscheint und seine Arbeit wieder ernst nimmt. Doch er sah mich nur als seinen lästigen Babysitter.

Ein Glück, dass niemand wusste, wie sehr ich heimlich für diesen Kerl schwärmte. Das wurde auch nicht weniger, als ich ihn besser kennenlernte. Denn er war so gar nicht der Playboy, für den ich ihn gehalten hatte.

Präsentierte er der Öffentlichkeit den stets gut gelaunten, spaßigen und auch oft verpeilten Nathan, so durfte ich den wahren Mann hinter dieser Fassade kennenlernen.

Mit dieser Sonderstellung in seinem Leben kam auch eine Gefahr, von der ich nie dachte, sie könnte Realität werden. Seine Fans wollten mich loswerden. Mit allen Mitteln. Doch als sie zu weit gingen, schweißte uns das nur noch mehr zusammen. Anstatt mich von ihm zu verscheuchen, trieben sie mich nur noch näher zu ihm hin. Bis ich schließlich dort landete, wo die weiblichen Fans sich hin träumten. In seinem Bett. Ob das gut gehen konnte?

Hier klicken oder Link aufrufen:

https://zoeywest.com/hbos2

Feel me, Rockstar

(Vorbestellung)

Angela schwärmt schon seit einer Ewigkeit von Scott. Als die Rockband Etrona Statisten für ihr neues Musikvideo sucht, wittert sie ihre Chance, ihrem Schwarm endlich näher zu kommen …

Ich stand schon als sechzehnjähriges Mädchen auf Scott Taylor. Als er seine damalige Band verließ, heulte ich Rotz und Wasser, und mein damaliges Ich dachte, diesen Schock niemals überwinden zu können. Auch Jahre später, nachdem mich die Nachricht erreichte, er wäre als Gitarrist der Rockband Etrona zurück im Rampenlicht, machte mein Herz noch einen Satz. Klare Sache, dass ich mir gemeinsam mit meiner besten Freundin sofort Karten für eines ihrer Konzerte besorgte.

Ihn auf der Bühne zu sehen, weckte Sehnsüchte in mir, die keine erwachsene Frau wegen eines Promis haben sollte. Trotzdem setzte ich alles daran, ihm näherzukommen, als ich einen Flyer sah, auf dem Statisten für das neue Musikvideo der Rockband gesucht wurden.

Nie im Leben hätte ich erwartet, dass ausgerechnet Scott derjenige sein würde, der mich in diesem Video an seiner Seite haben will. Oder wie anders der Mann war, dem die Presse das böseste Bad Boy-Verhalten nachsagte. Denn nach und nach öffnete sich der Rockstar mir gegenüber. Bevor er sich wie aus heiterem Himmel wieder verschloss. Ich wusste nicht, was mit ihm los war, aber ich wollte ihn mehr denn je. Ob ich ihn jemals bekäme?

Hier klicken oder Link aufrufen:

https://zoeywest.com/hbos3

Kontaktadresse: Zoey West, c/o Autorenservice Gorischek, Am Rinnergrund 14/5, 8101 Gratkorn, Österreich

Für die Druckversion: ISBN: 9798783909672 / Imprint: Independently published

Korrektorat: Schreib- und Korrekturservice Heinen

Coverdesign: Reinhard Fenzl | ReinhardFenzl.com

Fotos von de.depositphotos.com

Landschaft: kamchatka | Mann: kiuikson | Gold: york_76 | Sparkle: tomert

www.zoeywest.com - hallo@zoeywest.com

Printed in Poland
by Amazon Fulfillment
Poland Sp. z o.o., Wrocław

26240352R00140